我爱我鱼 系列丛书

孔雀　百万舞者

张浩川　润　龙⊙著

中国农业出版社

图书在版编目（ＣＩＰ）数据

孔雀：百万舞者 / 张浩川，润龙著. -- 北京：中国农业出版社，2013.1
　　（我爱我鱼系列丛书）
　　ISBN 978-7-109-16247-1

　　Ⅰ．①孔… Ⅱ．①张… ②润… Ⅲ．①长篇小说—中国—当代 Ⅳ．① I247.5

中国版本图书馆 CIP 数据核字 (2011) 第 228147 号

我爱我鱼系列丛书

孔雀　百万舞者

责任编辑	林珠英　黄向阳
出　版	中国农业出版社（北京市朝阳区农展馆北路 2 号　100125）
发　行	新华书店北京发行所
印　刷	北京通州皇家印刷厂
设计制作	北京润龙恒业科技有限责任公司
开　本	880mm×1230mm　1/32
印　张	7
字　数	112 千字
版　次	2013 年 1 月第 1 版　2013 年 1 月北京第 1 次印刷
印　数	1～5 000 册
定　价	38.00 元

（凡本版图书出现印刷、装订错误，请向出版社发行部调换）

目录 Contents

第一章　虎口脱险

1　　　第一节　胎生的仔鱼

4　　　第二节　虎毒食子

9　　　第三节　孔雀鱼产仔了

第二章　勺里和盆里的奇妙岁月

17　　　第一节　瀑布

26　　　第二节　窒息

37　　　第三节　获救

45　　　第四节　勺子

50　　　第五节　飧食

54　　　第六节　搬家——前奏

61　　　第七节　搬家——新家

第三章　变色期

70　　　第一节　个子大就是好

83　　　第二节　物以类聚

90　　　第三节　给你们点颜色瞧瞧

98　　　第四节　拜拜，臭美的家伙们

第四章　剧变

105　　第一节　原来是宿舍

112　　第二节　猪流感与白点病

123　　第三节　我给搭出去了

134　　第四节　恐怖的邻居Ⅰ——橘螯龙虾

146　　第五节　我太幸运了

第五章　新家

148　　第一节　这个感觉好

158　　第二节　隔岸相望

164　　第三节　跳高冠军礼服姐

173　　第四节　恐怖的邻居Ⅱ——黄金鳉

181　　第五节　不一样的感觉

第六章　快乐的日子

187　　第一节　饱食的岁月

195　　第二节　最棒的新邻居

202　　第三节　客串，终极杀手

209　　第四节　使命

后记　话说孔雀鱼

第一章 虎口脱险

第一节 胎生的仔鱼

我的故事是从一阵奇怪的震颤和挤压开始的。

那个感觉说实话有点让人讨厌，用你们的比喻来说，就是下班高峰时期挤在公共汽车里，不想下吧，可是后面的人要下，于是这样你推我挤的，被迫移动到门口，车门一开，居然还没停稳，我有心稳住吧，突然牛顿先生站到我的面前，说了一句："哥们儿，你有惯性。"于是我颠簸着被人推到了车外。

总之，虽然不爽，但这就是我来到这个世界的方式——哦，不，抱歉，应该说我见到光明的方式①。

在这之前，我已经是一个有生命的个体了，很多人都说鱼类基本是没有记忆力的，很不幸，我的大脑好像比其他同类要发达一些。在我最初有意识的时候，周围就是一片黑暗，然后随之而来那段恶心的挤压，最终，我见到了光明。

"为了阳光，我才来到这个世界！"

刚被挤出来的我，身体还是弯曲的，这样子漂流在水世界里，可不太体面，我努力纠正了一下脊柱，总算是直了。不过，尽管如此，我还是感到浑身乏力，更别说游泳了。我就这样一动不动的，傻呆呆地沉到了缸底。

小贴士

①这个世界就是这么奇妙，虽然我们从小就吃过鱼籽，听说过"鱼籽酱"，我们有理由相信鱼类是不折不扣的卵生动物，但有些品种就是那么特例独行，进化出了胎生的本事。我们这本书的主人公——孔雀鱼，就是一种胎生鱼，而它所属的家族——胎生鳉鱼，听名字也知道全都有这个特点。

胎生是一种适应自然环境的智慧进化。因为孔雀鱼本来就是很弱小的动物，如果再加上从卵变成仔鱼的漫长等待，恐怕它们的后代就直接被清零了。所以，干脆选择胎生，让仔鱼从一出生时便用最短的时间学会生存，这样也使它们存活的机率大大地提高。

必须要说明的是，对很多鱼类来说，其所谓的胎生和哺乳动物是不同的，对于这种"胎生"的阐述，更准确地说法应该是：鱼卵在母鱼的体内完成孵化，然后被产出，这样的胎生准确地说应该被称为"卵胎生"。想想一个微小的鱼卵在鱼妈妈肚子里逐渐长大，然后变成一条完整的小鱼，这个体积的增加会给鱼妈妈带来多少负担呢？但孔雀鱼就是这样世世代代保护着自己的孩子，真是让人佩服。

　　更了不起的是，尽管孕育后代的方式如此辛苦，我们的孔雀鱼妈妈依然是个产仔高手，数量之多，甚至让孔雀鱼们得到了"百万鱼"的美称，也真难为它了。

第二节　虎毒食子

　　刚刚降生的生命，迎接它的也许是灿烂的阳光，但是＂也许＂之外，却没有一丝美好。接下来的镜头，是一个恐怖的镜头，恐怖到让我一辈子都无法忘记。

　　我抬起头来的时候，看见一条大肚子母鱼正在产仔：一个和我一样娇弱的生命，从它身体下方给＂挤＂了出来——啊，跟我一样，我心想。然后接下来——当我觉出不对劲的时候，头上那块黑影已经压下来了，犹如蕴涵了闪电一般的阴云，这条大肚子母鱼给我带来了一阵莫名的不安。它冲着那条仔鱼径直游了过去，在我还没来得及为这种不安找到一个理由的时候，忽然张开大口把那条娇弱的生命吞了进去！

　　天呐，我眼睛花了吗？难道它觉得这个孩子长得不够漂亮，要把它＂回收再教育＂一次吗？

　　可我看到它的头部在颤动，翕动的鳃盖分明表示口中之物在被咽喉用力挤压——它吃了，它把这个由它所创造的生命，就这样痛快地吃了。

　　它死了，就这样轻易地死了。还没有触碰到缸底的玻璃，还没有体会一下这个世界的乐趣，甚至还没来得及被阳光刺痛它的眼睛。对于它来说，生命的价值大概就是在此前舒展了一下僵硬的身躯，然后以一个最舒服的姿势被掠取，咀嚼，碾碎，吞噬。

尘归尘，土归土。

它的死亡不是因为身体纤弱而造成的早夭，而是因为一起谋杀！一起源自于它的亲生母亲的谋杀！这是贪婪与暴虐共同上演的人间悲剧。

我不知道它疼了没有。但愿它如我一样身体麻木，没有唤醒太多的感官，死亡对于它来说，不过是视线再一次被切断，然后以毫不知情的残肢碎骨再度回到那个蕴育了它的黑暗的腹腔。

这个生命太短暂了，如果这也算是一个轮回的话，我宁愿相信它的直径为零。

我的眼睛充血了，我没想到这个世界在第一时间就向我展示了它的冰冷与残忍。这冰冷与残忍投射到我身上，变为了深入骨髓的恐惧。

我下意识抖动了一下鳍叶，或者说是因恐惧而不由自主地

颤抖——发现它们竟然能动了！在第一时间，我想到了逃跑，这些运动器官可以帮助我逃离这个世界，逃离这片乌云！但只稍微动了两下，我就绝望了：我的移动与其说是在游泳，更不如说是在爬行，凭这样的速度，我在被吃掉前还能走多远？

我真羡慕那个先行者，它什么也没看见，什么也不知道，甚至它在毙命前如果尚有一丝意识的话，也许都会以为这是顺理成章的事情。而这种情况于我便是如此的不公。梦魇般的黑影还在我头顶自在地游动，只要它愿意，随时可以把我的恐惧变成空虚，而我则要在生命再次黑暗之前，一直承受着绝望地等待。

也许，还不是时候。烟雾又一次射出，又一个扭曲的生命漂浮在水中，而这一次大肚子母鱼依然没有错过，兜了一个圈，马上将头部再次对准了新出腹中的骨肉！

我本来想着让心脏再紧缩一下，然后干脆把自己吓死完了；否则，要让我看着那张巨口直扑过来，我肯定会止不住恶心。就在我计划着谋杀了自己的时候，一个巨大的——不，这种体积在我的理解范围中已经连巨大都形容不了——圆形轮廓的镂空物体伸进水来，轻松罩住了母鱼，以不可思议的力量将

它带出了水面。我看见它拼命挣扎的身影带出的涟漪，在水中很快消失，突然发觉自己的呼吸都停止了，好半天才想到松了一口气——终于结束了。

然后我听到一个气喘嘘嘘的声音说道："总算赶上啦！"

第三节　孔雀鱼产仔了

此节由我向大家普及一点科普知识，主要内容是关于孔雀鱼产仔方面的。

由于我们的主演小孔雀鱼在上一集中受到严重惊吓，大脑强烈被刺激，导致现在气血两虚，身心俱疲，眼神呆滞，思维空洞——总之，小孔雀鱼将暂时处于奄奄一息的状态。

另外，考虑到它的人身安全，并且为了让我们的剧本能够顺利地存活下去，"上面"的意思是，就不要让它们母子再相见了。所以本期节目就由我旁白代劳，伺候不周之处，还请各位爷多多关照，导演你也要给我加班费哦。

导演：刘伯，看看中午的鸡腿饭有没有做糊的？不要扔，给这个旁白多留一份，就当加班费了！

旁白：……

闲话少说。今天我要介绍一位新演员，也就是我们孔雀鱼的主人：小八。

由于小八一直不是一个爱学习的好孩子，到了大学就更加变得无拘无束。长期懒散的结果，导致他欠了一屁股作业，再

不补交，期末考试就得挂科了——

小八：你这还 "闲话少说" 呐？用这么多废话揭我老底，你跑题了，知不知道？

旁白：你别着急呀，怎么说你也是这集的主演，我也是照顾你，多给你几个镜头嘛，而且这段因果关系也得给观众朋友交待清楚啊。

由于小八补作业时的工作量极大，又恰逢 "时间紧，任务重" 的周一，所以他发挥了出人意料的敬业精神，工作到忘我的状态。当他终于觉得肚子饿的时候，看看表已经快一点了。

"你个死小白，借谁的作业不好，偏要借彩彩的给我抄，你不知道她是全班写作业最认真的人呐！我的天呐，还有十五页，下午再说吧。"

精疲力竭的小八收拾好东西，正准备找出饭卡去吃饭，忽然一个机灵，大喊一声： "我的妈呀，今天孕妇临产！" 然后抱起书包一溜烟地奔出了教室。

小八所说的 "孕妇"，其实就是上节讲到的母孔雀鱼。由于宿舍的生活太无聊了，他搬了个小缸放在宿舍；又因为人多手杂，不敢请太贵的鱼，就先养个孔雀鱼开个头。

当初，小八跟卖鱼的大爷那挑鱼的时候，人家就给他指了两条，好像也是卖剩下的，一块堆儿捎给他了。但其中有一条是大肚子母鱼，也是小八这袋子里边唯一的一条母鱼。您别说，这大肚子还真争气，到小八的缸里没两个礼拜就明显"发福"了。

关于繁殖期孔雀鱼第二性征的表现，将在以后的文章中介绍，这里先不剧透。总之，就是凭小八的水准，也能一眼看出来它就要生了。

当时是早晨十点，小八刚起床——补作业还敢睡懒觉——观察了一会儿之后，小八得出了中午见喜的结论，然后兴冲冲地奔赴教室。结果，由于各种各样见不得人的原因——

小八：什么叫见不得人呀？不就是抄个作业吗，你不要说得这么容易让人产生误会哦。

旁白：好吧，由于小八和他抄的作业发生了各种各样见不得人的原因，在教室里耽误了很长时间。

小八：……

等到小八想起来的时候，大肚子母鱼已经生产了。在小八奋力向宿舍狂奔的途中，便发生了上节所演绎的惊天惨案：大肚子母鱼将它产下的小孔雀鱼给吃了。

终于，小八奔命似的破门而入，扑向了鱼缸。

由于小八总算回来得还算及时，并且用抄网把大肚子母鱼捞出去了，适时阻止了悲剧的继续，让主要演员得到了切实的保护，立下大功。故本期节目中导演特地开恩，让这个原本为跑龙套的群众演员客串一把主演，了却他多日来蹲在电视台门口的夙愿。

肯定有人问了，这一期不是主讲大肚子母鱼吗？可是它被捞走了，这算怎么回事儿呀？死了？扔了？飞了？清炖了？油炸了？

打住打住，这么个小东西，还用油炸，渣儿都没有了。这也怪我前边没交代清楚：其实，一周前，小八发现孔雀鱼肚子大了后就已经准备了一个小盆儿，里边反复消毒——使用诸如洗袜子用的肥皂水，洗头用的洗发水，洗衣服用的洗衣粉水消毒。

小八：闭嘴！不是那个盆！大家千万不要误会，是一个从来没用过的干净盆，所谓消毒，就是我为了谨慎起见用少量的高锰酸钾泡了一下。

旁白：不错，我说的就是那个盆。哎，小八，你捡砖头干什么？站回机位那边去，保持剧情的连续性。

这个盆用高锰酸钾消毒之后，便在小八的保护下无所事事，从来没有干过自己份内的活，诸如洗袜子、洗头、洗衣服。

盆：我可是在提醒你哦，你看小八的砖头又捡起来了。他不是不让你说，可是你为什么总把洗袜子和洗头放在一起说呢？我都觉得这很不卫生呀。

旁白：哇噻，导演！这个水盆也太人性化了吧，怎么会有台词？还敢说我不卫生，你这是在抢我的镜头！看我踩漏你！

盆：你踩呀，你踩呀，有本事你把我肚子里的一块儿踩了！你看看我肚子里有几条性命！

旁白：完了，这还是个怨妇的水盆，算了，我们继续。

小八准备的这个水盆，其实就是为了给母孔雀鱼接生用。

本来他算计得挺好，等一下课就回来安排；可是，为了自己的"及格大业"，埋头苦干的他，一下子忘了时间安排。当他风风火火赶回来的时候，正赶上大肚子母鱼要给新生小孔雀鱼"回炉"，情急之下，他忙用抄网先把母鱼捞了出来。

不过，这之后怎么办呢？小八一下傻了眼，由于一贯做事懒散，事先没有做好准备工作，母鱼捞出来一下子没地方搁了，

只好又放回缸里。然后找一个大水勺子开始给那个水盆舀水。当然，水都是从鱼缸里舀过去的。舀够小半盆之后，大肚子母鱼再度被捞出，请入水盆里继续生产。

小八的这个做法是十分错误的。产仔中的母鱼神经敏感，身体脆弱，极易受到伤害，像小八这样捞来捞去的折腾，很有可能造成母鱼的难产。如果是一些比较娇贵的个体，甚至会因为过度惊吓而暴毙。当然，这里所说的惊吓，绝不仅仅是反复捞捕这一种情况。

广义上的惊吓，包括拍缸、突然的强光刺激，甚至剧烈的阴影晃动，都应算在其中；而突然有重物落入水中所引起的震动，其他混养鱼只的攻击以及水温骤变等，更是某些体质虚弱的母鱼的灭顶之灾。在这里，提醒亲爱的读者们一定要多加注意。

正确的做法应该是：当您观察到有母鱼待产时，应提前将其捞入预备的小缸或小盆中，当然这些容器中的水应该是从原缸中汲出的；如果是冬天，考虑到母鱼产仔的时间及仔鱼所需的温度，应设法保持水温，可以将预产盆摆在暖器的附近，或者干脆添置一根加热棒。

之后的工作小八做得还算敬业。作为孔雀鱼的主人，小八一直耐心守候在水盆边，连午饭也没吃，连作业也没抄，一直等到母鱼产仔完毕，才又将它捞回了鱼缸。

这里还涉及一个问题，就是母鱼在产仔的时候，会同时排出一些组织液。这些组织液如果长期留在水里，会因为氧化而败坏水质，滋生细菌，对鱼群，尤其是产后母鱼，造成很大的伤害。所以将产仔鱼捞到外盆生产，也是避免这种后果的一个有效措施。而如果您的家里是大缸混养孔雀鱼，并且无针对性的让它们自由繁殖，那么，在完成收集仔鱼的工作后，一定注意过滤系统的使用，长时间开放循环，让水质恢复清澈。

好了，本期节目就要结束了，由于那个怨妇水盆去导演那里吹了枕边风，并且恶意诬告我用鞋底谋杀本片主要演员未遂，所以导演组决定下一集就不让我再度出镜了。之后的故事依然精彩，虽然少了我的引导会明显让您感觉有些杂乱无章、毫无头绪、千丝万缕、纠结成团——

导演：好了，闭嘴吧你！敢说我的闲话，不让你出镜是轻的，连今天的加班费也不给你！刘伯，那个烧糊的鸡腿饭不用留了，你自己吃了吧……

第二章 勺里和盆里的奇妙岁月

第一节 瀑 布

导演：上一集那个啰嗦的旁白给大家添麻烦了，之所以不让他再度出镜，不是因为什么见不得人的原因，大家不要误会，而是因为我们的主演小孔雀鱼经过及时抢救，已经活过来了，可以继续故事的讲述了。下面的内容依然精彩，请大家继续关注！

小八耐心等待着母鱼产仔完毕后，把它又捞回了大缸，这时候他的一个同学也进来了。

"嘿，你刚回来吗，刚才过来找你两次都不在。"

"嗯，我补作业呢，一下忘了，这不刚赶回来。"

"生了吗？我看看，呦，还真不错，这么多呐？大鱼吃小鱼了吗？"

"没看见。我回来的时候，大鱼在缸里就生了，我估计它

17

那时候吃了几条。"

"是吗……行，哪呢我看……嗯，状态还行，保持水质吧，以后就靠它生了。你看看有没有漏在缸里的小鱼？"

于是，两个人仔细在缸底扫视，还真看见了几条虎口余生的小生命。

"几个呀？五个吧？"

"嗯，就这五个了，怎么着，你给弄出来？"

"我这网眼儿太大了，弄不上。无所谓，让它吃了吧。"

"别呀，这好歹是第一拨小生命，能活到现在不容易了，你等会儿——"

说着同学拿出一个针管。

"呦，你还趁这个呐？"

"嗯，实验室学姐给的，一直没用，你试试能不能吸出来。"

于是，两个男孩围着鱼缸，把一个针管伸到水底，开始他们的营救行动。

……

随着那个可怕的生身之母被瞬间转移，我的世界又恢复了和平，那个无比幸运的新生仔在逃过一劫后，顺利落在我的身

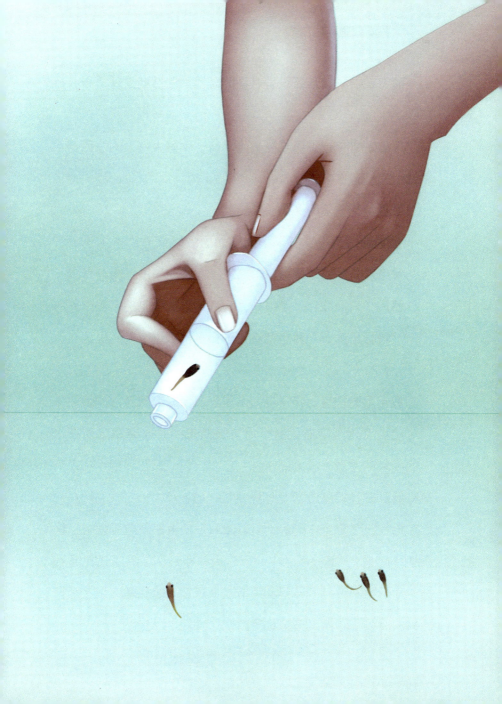

边，而它在刚刚着陆还没有趴稳的时候，居然就微笑着跟我打招呼：

"你好呀，这是哪里呀？刚才有一个好大好大的东西一下子就消失了，你看见没有呀？"

我真是把它活吃了的心都有。

我耐着性子没骂它，把刚才发生的事情原原本本说给它听。看见它吓得眼珠子都快瞪出来了，我才稍微平衡一点。

然后，它问我："那之前呢，其他人都被吃掉了吗？"

"嗯，不知道，我也就看见这么多，不过咱们这里还有伙伴。"

我用眼睛往旁边指了指，那里还趴着三个伙伴。

这些家伙是随着大肚子母鱼被捞走的时候突然出现在水中的，只不过当时我太过惊讶，忘了它们，现在它们也都安安稳稳地趴在我们身边①。我用刚刚获得的行动力朝它们挪过去，打了招呼，盛赞了它们的幸运，然后很快大家便成了朋友，快乐地聊起来②。不知不觉中，所有人都能动了，只不过比起那条游动迅猛的大肚子母鱼，我们这个还都只能算爬。正在聊得高兴的时候，忽然又出了状况。

所有人都明显感觉到了来自上方的水的压力，我抬头一看，我的妈呀——不，这是比我的妈妈还要恐怖百倍的一个物体，巨大的身躯完全是透明的，圆洞洞的嘴就长在最前端，一点开合的动作都没有。它正直直地向我逼来！

　　我刚刚受过一次惊吓，所以这次算是有经验了，没有过多的考虑，便作出了最客观的选择：趴在地上等死。

　　其实这样也算潇洒了，古人云"慷慨就义易，从容赴死难"，我知道自己跑不了，但无论怎样，不能在那些新生儿面前丢了范儿。可是，我的鳍叶偏偏在这时候不争气地抖动起来。它们是被吓的，吓得都不听我的使唤了。

　　没出息的东西！算了，你赶快吃了我吧，甭让我在这儿丢人了。

　　仿佛是听到我的命令一样，突然，我周围的水开始急剧向那个圆洞洞的大口涌去。我怎么也想不到它会有这么大的吸力，不由自主"哇"的一声喊了出来，身体也完全失去控制，被整个"提"了起来，在空中打着转，径直被灌进了那张嘴里。

　　完了，我心想。如果是电视剧的话，主人公此时肯定会闭上眼睛，摆出一个很唯美的姿态去赴死，可我现在摆不出这样

21

的姿态。不是我不想，而是我的眼睛闭不上，因为我没有眼睑！

导演啊导演，这剧本是谁写的？为什么安排我有这么个死法呢？你就不能给我找个有眼睑的替身吗？

导演：我说你吓傻了吧？你看过剧本没有啊，在这集里你还死不了呢。再说了，你可是条鱼呀，鱼都是没有眼睑的，你知道不？我要能找着有眼睑的鱼，还用得着在这儿当导演吗？

什么？原来我还死不了呢？

我扭动了一下身体，确实还活着。看看周围，透过怪物透明的躯体也能看清水缸里的世界，这个怪物的嘴里既没有牙齿，也没有咀嚼的动作，就这么把我囫囵吞了进来。下面那几位，之前错过了"母口余生"的惊险好戏的小朋友们，现在算是看了免费大片了吧，不知道有没有人吓到昏死过去。

我想低头找找它们，这时透明怪物却抬起了身子，飞速向水面游去。我还没反应过来呢，就看见水面哗啦一下破了，我被带到了空中，身下是伴杂着破碎水花的涟漪。

短暂的惊讶过后，下方出现的是另一片水面，透明怪物带着我又把嘴伸了下去。我以为它又要找什么吃的呢，没想到这次倒霉的还是我。水体再一次传来了压力，但与刚才的方向相反，我的身体再一次不受控制地被摆弄扭曲着推向那个圆形的洞口。我感觉这次更加倒霉，因为在前进的过程中，我数次撞上了透明怪物的内壁，就这么连磕带碰地被"呕吐"了出去。

原来这家伙还有吃了吐的习惯！我被一股水流带出了它的肚子，顿时感觉轻松了许多，就是有点腰酸背痛，自己扭巴两下，也差不多好了③。

这个情景真可谓似曾相识，没错，就像是我刚出生的时候。一样被挤出一个肚子，一样漂浮在水中，一样的脊柱扭曲，一样的缓缓下落。不同的是这不再是一个透明的水世界，它的四壁都是坚实的白色，看不到外面。但纯白的底色却映衬出下方许多个黑点，非常明显，以至于我还没沉到底，就看出来它们和我一样都是出生不久的兄弟姐妹。

待我落定，我就忙着和它们打招呼。

奇怪的是，它们看我的眼神都露出一股掩饰不住的惊异，好像我是个外星人。好在大家此时的运动机能都没有得到很好的开发，即使它们想躲我，也躲不了，我就这样坚持着和大多数人都打了招呼。

渐渐的，一圈下来也算是脸熟了，大家彼此都没有了戒心，

于是，我们七嘴八舌聊了起来。我终于知道它们对我感到惊奇的原因：原来它们都知道自己是大肚子母鱼生出来的，我却是从那个透明怪物里生出来的，所以把我当成怪物的后代了，我正待和它们解释，忽然人群中喊了一句："快看！"

这一喊非同小可，所有人不禁倒抽了一口冷气，各位看官，欲知后事如何，且听下回分解。

小贴士

①这里要说的其实是母孔雀鱼的惊产问题。

一般待产的母孔雀鱼由于受到惊吓，导致腹部急剧收缩，都会产出小鱼来。文中的母鱼就是因为突然被渔网袭击造成了惊产，而有些朋友买鱼回家的时候发现母鱼在路上就产仔了，也是同样的道理。由于发生这种情况不分场合和地点，所以，对于母鱼和新生仔鱼来说都不是什么好事，还请您一定多加留意，给母鱼一个安全健康的待产环境。

②这个问题比较隐蔽，需要提醒大家的是，在母鱼的生产过程中，如果您不打算把它捞出来，而是在缸里

任意产仔的话，一定先关掉过滤器，否则那些新生的小生命就别说爬了，恐怕直接就会被强劲的水流给抽走。并且，产后母鱼的身体比较虚弱，也不易在水流剧烈的环境中活动，保持静水一小段时间，再打开过滤，清理水环境。

③这样的事情一定要尽量避免，初生仔鱼比你看上去的还要脆弱。

在很大程度上，文中小八和他的朋友出于"练手"才用针管去吸取小鱼；事实上，这样很可能导致幼鱼死亡；即使不死，也会因为水流的压力，扭坏小鱼的脊柱，致使长大后变成畸形。我们这里的主人公之所以完好无损的活着，是因为它是主演，它必须得活着，否则导演就干不下去了。而生活当中，您家里的仔鱼绝不是"圣斗士星矢"，怎么弄都死不了，而是更像演配角的杂兵，一触即溃。如果一定要从容器里捞取仔鱼，建议还是用密网眼的抄子，这样对仔鱼的伤害能够保证最小。

第二节 窒　息

上回书说到有人喊了一句"快看！"，当下所有人都抬起眼珠子来，我环视了一周，觉得莫名其妙，也跟着往上看。

原来那个透明肚子的巨大怪物又伸进水里，"生"出一条小鱼，周围的同胞叽叽喳喳不停议论，很多人看看上面，然后又看看我。

我心里"嘿嘿"两声，少见多怪！从底下往上看，可以看到透明物体内也有一位兄弟漂着，身体不知所措地弯曲成一个"C"形，然后一股水流射出，好像山上的瀑布一样。那位兄弟连滚带翻地被吐了出来，看那表情，应该还没明白怎么回事呢。不过，我可是知道刚才自己的狼狈相了，真是不堪回首，也真是九死一生啊。

导演：什么九死一生啊，把咱们剧组说得那么恐怖，以后谁还敢来拍戏啊。我这儿可没有你的替身，所以你死一百次也得给我活过来！

孔雀鱼：……

新加入的成员顺利着陆后，也是一样四处张望，很快它找

26

到了我。我跟它解释了一下这里人误会它的原因，它恍然大悟地点了点头，然后说："那你告诉它们吧，否则它们还得惊讶三回。"

"用不着，这事儿多有意思呀，现在吐槽就失去神秘感了。而且现在解释恐怕也来不及，还是等那三个兄弟都过来再跟它们说吧。"

很快那三位也如期而至，新家中的居民们也按部就班地反反复复惊讶了三回，然后水面上再没什么动静了。

最后一个进来的是那位"无敌幸运新生仔"，它一进水就开始疯狂地摆动，看到我之后，竟激动得结结巴巴口吃起来，好像有无数的话要跟我说，却一时堵在嗓子眼儿里全都出不来，只能拼命瞪着眼睛让我看它的表情。

我让它先不要着急，然后把周围的新朋都聚集过来，告诉它们所发生的事情——当然，只是说了被透明怪物"吃了吐"一节，前面的故事没有讲——让大家知道其实我们都是一样的，用不着大惊小怪。然后我才问了最后一位进来的兄弟：

"怎么了？"

"那个……那个……就是那个，咱们的妈妈，它又回去

27

了！"

"啊？"我真是觉得当头被敲了一棒子，"什么时候呀？"

于是，那位幸运儿连比划带瞪眼珠子，结结巴巴告诉了我一个极其恐怖的事件。

大约在我被那个透明怪物吸走的时候，所有人都在关注着我的命运，但是，这位幸运儿无意中扭头看了一眼，竟发现那个可怕的阴影不知道什么时候回来了！当时，它吓得几乎昏过去，还好也许是慑于那个巨大怪物的威力，大肚子母鱼一直在远处徘徊，却不敢靠近。所以，剩下的几位兄弟得以头尾完好地被透明怪物"吐"到这个新家来①。要这么说，我们在某种程度上还要感谢那个家伙咯？真是岂有此理！

不过，此时大家的注意力被另外一件事情所吸引。

鱼群的外周，有几个仔鱼始终没有靠拢过来，甚至始终没有过动作。仔细回想一下，在透明怪物接二连三地伸进水中时，这几位兄弟也不像其他人那样趴在水底，而是随着水体的震荡极其自然地来回摆动。我本能地感觉大事不好了。

我当即将我的疑虑传达给众人，其中有一个看上去神经兮兮的朋友便朝那几条仔鱼挪过去，前后左右仔仔细细地看了一

29

遍，说出来一堆我们都听不懂的专业术语：呼吸，停止；脉搏，停止；瞳孔，扩散；肌肉，僵直；结论：死亡[②]。

最后两个字我听懂了，最后两个字所有人都听懂了。

热闹的水底一下子安静下来，我们全部闭上了嘴巴，默默地趴在水底。这样的安静持续了很久，很多人甚至进入到了休眠的状态。我也无论如何提不起精神来，不想再去打扰谁。水下的世界重回寂静，如果还有谁能听到声音的话，应该就只有心脏的跳动如秒针一般呆滞的奏鸣。

晚些时候，透明怪物又进来一次，把几具早已冰凉的尸体吸走[③]。大家都见怪不怪了，没有人理它，只是目送着手足的离去——这些甚至还没来得及说上一句话的手足——不知它们会魂归于何方。这之后，就连那个怪物也没来打扰过我们。

这样的寂静大约持续了很久，等我突然有一种"醒过来"的感觉的时候，阳光已经把水底照得一片泛白，甚至有些晃眼。忽然人群中传出一声：

"我饿了。"

饿了？这是什么意思？但随着这个声音，我明显感觉到肚子里反射出一种空落落的颤动，好像肠子也在轻微地扭动着，用这种反常的方式给我施加着压力。其他人分明也遭受了这种感觉，全都不由自主地游了起来。没头没脑地四处梭巡，可谁也不知道究竟为什么要这样。

这就是"饿了"的感觉吗？那我要说这感觉可真讨厌，它已经让这个刚刚得到欢乐的集体又回到不知所措的境地。大家开始七嘴八舌的相互絮叨，为这个"饿"所带来的莫名的烦躁寻找发泄的出口。

我忽然想到一个问题："这个'饿'是谁说的呀？找到它是不是就可以解决了呀？"

一语中的，我太有才了。一帮人又开始叽叽喳喳地讨论，想找出那个最先发难的人。

旁白：你们不要找了，你们没发现每次有特殊情况都是"忽然人群中传出一声"吗？那是导演为了节省群众演员的龙套费，自己配音加进去的⋯⋯

导演：谁让你出来的！你不是被封杀了吗？真倒霉，被你曝光了，以后这招不能乱用了⋯⋯

由于旁白地提醒，大家又都安静下来，鱼群中顿生出一种"上天无路，入地无门"的悲观情绪。不过，情景小说有一个

好处,那就是但凡在这种时候,奇迹总会出现的,这次也不例外。

在一群人都饿得头昏眼花的时候,水面上又传来了动静。实话说,这个水面现在对于我来说真是个惊喜不断的存在,所有我想象不到的东西,都是从这上面下来的。这次下来的是一个球状物体,然后跟着进来一只手——手这个东西,我已经认识了,不要问我为什么,你可以去问导演——使劲攥了一下那个球。随之,一股烟雾从球的四周溢出。这场景多少让我想起了自己出生时候的状况,怎么着,这个球里难道还能生出小鱼来不成④?

几秒钟后,我的等待落空了,除了一阵烟雾外,再没有其他物体出现。但随后的事实证明,这样的"落空"来几次都好,来多少我们都欢迎!

烟雾并没有在水中稀释消失,而是一直落到了我们身边,相比我们的身体大小来说,这是一团很大的颗粒。这些颗粒是淡黄色的,并且发出一阵阵清香。这清香的味道一钻进我鼻子里,立刻让我的肚子更加躁动起来,同时大脑一扫刚才的低靡状况,变得格外清醒。

本能驱使我们纷纷游近了那些颗粒,不用谁教,已经有人张口吞下一粒。剩下的仔鱼们也如连锁倒下的多米诺骨牌，一个接一个地开始初次进食的体验。一时间水底世界充斥着吞咽的声音，如果是初次来到这里的人，恐怕都会被我们不顾一切的吃相吓着。

这是继〝饿〞之后我们又学到的一个词——饱。意思就是我们现在这种满足的感觉，真不知道怎么来形容它，就好像阳光重新撒满了人间。

阳光：喂喂喂，你尊重一下剧本好不好。你们这一段的情节就是在阳光照耀的时候发生的，你往前看一看就知道了，什么叫〝重新撒满〞呀！

孔雀鱼：我不管，反正刚才饿的时候，你这个东西对我们也没起到什么积极的作用；现在把你搬出来，这还是抬举你呢。你个跑龙套的，敢跟主角抢戏，下次直接用月亮！

还是得回过头来说说这个淡黄色的颗粒。

这些颗粒的口感极好，没有纤维，无论吃多少都不会塞牙（导演：那是因为你没有牙……）；如果有的时候多吃下两口，还会有噎在喉咙的感觉。那个时候，只要趴在水底，静静等着水流把它们冲软，然后再咽下去就可以了。

孔雀 百万舞者

孔雀鱼本来就是没有什么追求的动物，这样的生活对于我们简直就是糜烂。而且，这些颗粒多到根本吃不完：第一次撒下的"烟雾"就剩了一大半，隔了一天又撒下一批。照这个供应量来说，弟兄们就算拼了命把自己撑死，估计也很难把水底弄干净。

然而，好日子不长，报应却来了。

古人说："谁知盘中餐，粒粒皆辛苦"。浪费粮食的代价迟早是要还的。

大约从第五天的时候，我们吃起那些残留在水底的淡黄色颗粒就不那么可口了；非但如此，有些颗粒还发出了让人厌恶的臭味，而不再是从前那种诱人的清香。与此同时，同伴们也感觉到在水中的呼吸出了些问题。

水体不再那么澄清了，氧气的汲取不再那么畅快了。更要命的是，这样的感觉竟然以十分明显的速度在加重！从刚开始的似有若无，到现在牢牢地窒息着每一个人！已经没有人再有食欲了，所有人看见那些颗粒都会远远的避开。

"饿"这个词在这里已经完全没有了市场。只有一些体力透支或是呼吸严重不足的兄弟，会沉在缸底。但我知道，那不是为了进食，而是因为生命的火种已经从它们身体里慢慢流走，它们已经游不动了⑤。

长此下去，如果情况不改变，那么我们所有人都得沉下去，然后一起玩儿完。死亡的阴云已经在我们的头顶明目张胆地打起闪电。

导演，你不是说我不会死吗，快点想想办法呀！

小贴士

①这就是为什么母鱼产仔时应该有人在旁边关照的一个重要原因。

其实在大缸里，大家可以想到除了母鱼外还有公鱼，但这些鱼——包括产仔的母鱼——如果在有人影的情况下，会变得胆小，而不敢主动攻击仔鱼，所以母鱼产仔时，主人尽量随时照顾，对小鱼也是一个保护。

②很多原因会造成死胎，有些是因为出生后的小鱼生理机能有问题而死去，但更多的是在母鱼体内就死掉了。要知道孔雀鱼虽然是胎生，但是产仔量很多，不可能每一个仔鱼都会顺利成活，并且，怀孕期间营养跟不上，

或是水环境发生剧变，都会导致死胎率上升。

③ 在仔鱼产出后，应及时查找有无死胎，并在最短时间内将其捞出。文中小八的做法其实已经很迟钝了，因为这些死胎的肉会腐烂，导致水质败坏，从而严重威胁健康仔鱼的生存。

④这个食物是观赏鱼爱好者们用得非常普遍的一种：蛋黄。

具体做法是：准备一块干净的纱布，将蛋黄裹在纱布中，然后放入水中挤压，让蛋黄被挤为粉状，散落到水里，作为仔鱼的食物。另外值得一提的是，这种蛋黄基本可以作为任意一种观赏鱼仔鱼的食物，包括金鱼和锦鲤。

⑤蛋黄饲料的优点不言而喻，营养价值高，易吸收、易消化等。但同时，由于它的蛋白质含量和磷脂含量很高，所以极易腐败变质，污染水质。用蛋黄饲喂仔鱼的朋友，一定注意蛋黄的投喂量和及时换水。

第三节　获　救

恐怖的日子总是过得很慢很慢，给人以度日如年的感觉。几天下来，大片大片的兄弟们纷纷沉到缸底，眼见着断绝了呼吸①。

旁白：我说导演呀，怎么这一节一上来就死了那么多人呀？这恐怕不吉利哦。

导演：这不能怪我呀，咱们剧组的经费这么紧张，可是，你看这些群众演员都越长越大，再这么下去，恐怕就喂不起了呀。

旁白：原来如此，行，那个谁，你、你、你……还有你，都去演尸体——

群演：……

小八是有日子没有关照那些新生的仔鱼了。这些天他忙着补作业，一直没有仔细往水盆里看，只是想起来的时候去撒上一些蛋黄。等到他隔了一周终于把该写的作业全部写完的时候，终于想到去关注一下他的宝贝鱼们。

眼前的情景算是吓了他一跳，水已经明显混浊了，盆里在

游动的仔鱼寥寥无几，大部分沉在水下，看样子已经牺牲了。他赶忙去翻他的书包——那里有他新带来的一根皮管子，抽水专用。

快速且野蛮的换过水后，盆里的水终于重现清澈，小八数了数，还存留有十一条小鱼，这些小鱼的命运，按小八的说法，就听天由命吧！

……

真是惊魂未定呀！虽然终于活过来了，不过刚才恐怖的一幕着实还历历在目。

估计我那时候都给憋晕过去了，所以，当一根和那个透明怪物有一拼的粗大管子伸进水里的时候，我只是看了它一眼，脑子里却空空如也；直到它突然开始大量地喝水——这个判断我还是有的，因为水流波动的方向明显指向那个管口——我才反射性地恐惧起来。

幸好我此时的游泳本领已经十分高了，可以在水中和它周旋。于是，我带领着其他同伴们——那些还能游得动的同伴们，逆着水流的方向拼命摆动身体，尽最大努力不向那根管子的大口靠近。

就这样坚持了一会儿，水流变缓，然后逐渐消失了。我明显感觉到水的压力有所变化，抬头看看，果然变浅了不少。下面，水的底层，那些"先去"了的伙伴的尸体消失了，以前残留的黄色颗粒也大部分都消失了——这多少算是个好消息吧——看样子是被那根大管子连汤带水地都吃掉了。

一想到那些东西，僵硬的尸体和腐烂的颗粒被混合在一起吞咽，我就禁不住一阵的恶心。但是值得担心的还在后面，那根管子恐怕还会回来吧？上一次吃的是尸体，这一次就该吃我们了吧？而且就算它不回来，这糟糕的水环境早晚还得让我们一个一个都倒下去。这才是攸关生死存亡的头等大事。

我发觉我又回到了刚出生时那个拼命思索的状态，可依我现在的情况，根本维持不了多久。不光是智力，连体力我都跟不上了。长期缺氧的生活，让我们耗费了大量能量，刚才的拼死一搏，也已经让所有人都把最后的储备用光了。

我说导演，你倒是快点呀，你再不推进剧情，我们这些小朋友的小命就搭进去了！

导演：我来了！

随着导演的一声令下，一股巨大的泉涌突然从上面直冲下

来，那气势真如千军万马失了头领，公共汽车断了闸线，上帝来了都挡不住。幸好我躲得快，否则不是被拍死，也得给拍傻了。

有几位兄弟就没那么幸运了，眼见着被"瀑布"直砸到水底，打着转儿被推向四面八方。还好，从它们大喊"救命"的声音来判断，应该都活着。不过，这时候我也顾不了它们了，源源不断的水流涌进来，弄得整个水体变成一个巨大的漩涡，我再一次逆着水流拼命游泳，掏空了最后一点力气保持着平衡。

等漩涡终于逐渐变小的时候，我已然全身麻木了，任凭水流带着我和兄弟们在水盆里打转。还好，这巨大的泉涌带来的不仅是破坏，还有我们渴望已久的清新氧气，也算是功过相抵吧。

靠着这些氧气，我们一直保持着清醒，并且在水流终于平息后的一段时间内，我们中部分人恢复了体力②。要说导演也真是的，就算要救我们，也不用采取如此暴力的手段吧，也不提前打个招呼，弄得我们都狼狈不堪的。

导演：提前招呼了，你们不就有防备了，那还演什么劲呀？观众需要真实，我们这个剧目的品牌就是真实！

孔雀鱼：……

水终于干净了，生活也可以继续了。

小八同学经过这一次的教训，得到了不少宝贵经验，再喂食的时候也不会那么手潮了。不仅每次定量，让我们差不多都能吃完，而且换水也非常勤快，随时给我们一个清新的的环境。

我们就是在这样的照顾下，每天过着傻吃闷睡的日子，身体明显一天天长大，每天互相比一比，就知道自己又胖了。

如果日子一直这样子过下去，那这个剧本到这里就可以完结了，可是依我们对导演的了解，剧情绝不可能这么简单。果然，不久之后，小八又带着他的新玩具回来了。

那天，我们照例在"奇怪的光亮"射进来后分析猜测着可能的剧情——顺便提一下，这里的天空非常古怪，每天随着太阳的升起和落下，水中的光线也是由明到暗。可是就在水中即将全部变黑的时候，突然会有道强烈的光线再次射进来，每次都晃得我们眼睛发疼，好一会儿才能缓过来。直到我们都困得不行了，想找个地方躲一躲的时候——有时候还得再耗一会儿——光线才会突然消失，周围立刻归于黑暗。

由于这光线的来源我们想破头也找不到它的出处，就只能归咎给水面上让人费解的天空了——我们就在这样的天空下七

41

嘴八舌正聊得热闹，忽然众人一下子都向后散去，只剩我一个人傻呆呆地待在原地。我还瞪着眼睛问它们怎么回事呢，结果离我最近的那位向我身后望了望。于是我知道肯定没好事了。不过这灾难来得太快了，根本没给我转过身去的机会，就直接被一个水浪兜了起来，轻飘飘地落进一个网子里。

我左右看了一下，这个网眼比曾经捞走大肚子母鱼的那个小很多，看样子是专门为我们准备的。虽然有一点恐惧，但由于趴在上面并没有给我造成什么实质性的伤害，我也并没有挣扎。然后网子开始向上抬起——您一定还记得第一次坐电梯时的感受吧？我想差不多就是这样。

我被大肚子母鱼生出来的时候，被透明怪物吐出来的时候，甚至被瀑布般的泉涌冲晕的时候，都是从水面掉到水底，这一次不同，这一次是"掉"上去。腹部明显感受到的是抗拒地心引力带来的压力，但是如前所说，并没有什么伤害。

新奇的感觉完全替代了应有的谨慎和恐惧，所以，当我一下子被带出水面的时候，周身被寒冷的空气所包裹，张开嘴也只是被干燥的凉风所洞穿——这个时候，我竟忘记了挣扎。

有一位古人曾说：难得糊涂。这大概是人类社会哲学的最高境界了吧。人一糊涂就什么都不在乎了，不在乎了就没有恐惧，没有恐惧就没有牵挂，人也因此获得了长久的幸福。

我虽然是这么想的，但我绝不认为自己是一条"难得糊涂"的鱼。被捞出水面的我，之所以看似从容而没有挣扎，并不是因为"糊涂"，实在是这个情节演绎得太突然了，以至于脑容量有限的我还没来得及反应，还没醒过神来，就又被扔回了水里，连"虚惊一场"的机会都没给我。

重新趴回水底的我，吐了两个水泡，回忆着刚刚发生的事情，真是无比郁闷。不管怎么说，我被粗野地戏弄了一番，这种硬生生的耻感，我折腾了许久也无法排遣。

还是找个人去抒发一下胸中的不快吧。于是我启动，挂档，加油，前进（孔雀鱼：……），出发去寻找我的倾诉者。

我这一游，才发现不对劲了。四周的景观虽然没有太大变化，但是空间明显小了很多，无论前后左右，只要稍微游一会儿，就会撞到鼻子；而且水很浅，抬一抬身子，就能接触到水面。更重要的是，我游了半天，也没有发现我的同伴，也就是说，我又变成了孤身一人！

这到底是什么地方？

小贴士

①这可不是危言耸听的哦，由于饲养孔雀仔鱼的水环境多为死水，所以如果不及时关注的话，水质极容易恶化，严重的时候会使得水质腐坏，含氧量急剧降低，体质脆弱的仔鱼，很可能因忍受不了这样糟糕的环境而死亡。

②这种换水的方式的确太过野蛮了，大管子抽水的过程中，很可能把健康的仔鱼一并吸走，而即使事后发觉，这样急速的水流，也容易对仔鱼的骨骼造成严重伤害。而大量突然地倒入清水，不但会对仔鱼造成冲击，也会使水温产生较大的变动，无论是肉体的伤害，还是精神方面的刺激，都会给仔鱼的生命造成威胁。

正确的方法可以用细软管抽出旧水，把水底的残渣抽净；进水时，可以用细软管从别的鱼缸中抽水进来。如果一定要用水舀子往盆里加水，可以在水面上浮一块塑料板，让水倒在塑料板上，有一个缓冲，对仔鱼也是大大的有好处。

第四节　勺　子

门一推开，小八的同学进来了，小八仿佛早料到他会过来一样，头也不抬，继续干着手里的活。

"呦，已经折腾上啦，这回又是什么节目呀？"

"嘿嘿，你过来看看——"

"啊？这个……"，同学一滴大汗，"的确卡哇伊哈……"

只见小八手里是一个洁白的汤勺，就是平时喝汤的那种，也不知道他从哪里顺来的，里边盛满了水。俯视看去，还有一条可爱的孔雀鱼在不知所措地来回游动（同学：什么可爱，明明是可怜……），勺的底面还印着一朵盛开的小红花……

"你就打算一直这么养着？"

"那当然不行，养在这里头不长个儿了，就是看着好玩儿，明天再弄几个勺子，轮着养①。"

于是，我们倒霉的主演就极其敬业地蜗居在白色汤勺里，被人微笑着观赏了大约五分钟，然后找了个地方放下。其间，由于小八同学忘记了勺子是不能平放在桌子上的，一松手，造成不小的震动，把水撒出去一半；还好他及时扶住，又找了个

45

东西垫上，这才算解决了问题，否则孔雀鱼就得提前回到水盆里了。

孔雀鱼：你这个旁白明显是在幸灾乐祸吧！

旁白：嘿嘿嘿……啊不，不能笑，机位跟上，跟上！

我的天呐，这还真是一个险象环生的世界！刚才的震动也不知是怎么回事，水一下子就冲出去一半，要不是我情急之下趴到水底，估计就得跟着出去了。这年头演员也不好当，本来说好就是个肥皂剧的，结果弄得跟惊悚片一样。

算了，总算是稍微安稳下来了，这个地方就算是个新家，我也懒得继续巡视了——拢共那么大点地儿，趴着不动还能感觉它宽敞点。不过，稍微试了一下，我就发现不太行；我的心跳一直不能平稳下来。由于水位太浅，我一直在本能地紧张着，一紧张就不由自主地运动。结果因为地方太小，弄得我只能来回打转，按顺时针方向做着有规律的运动。等到我头都转晕了，只能靠本能来保持平衡的时候，体力也终于发泄得差不多了。于是我安静地趴在水底，让身体和精神完全彻底地放松。

前面交待过了，由于我的眼睛是闭不上的，所以即使在大脑一片空白的时候，也可以被动地接受信息。这大概源自于我

的祖先一个十分明智的进化机制。

举个例子来说。小八是比我高级很多的动物，因为高级，所以进化出了眼皮。但正是因为眼皮，使得他睡觉的时候特征十分明显。课堂上，只要老师一看见他闭眼了，就知道他肯定走神了，然后就会向他提问，然后他就丢人了⋯⋯

小八：你又跑题了，知不知道？赶紧回归剧情！

孔雀鱼：抱歉，抱歉，因为剧本里安排这时候我应该看见你了，就忍不住多说了两句。

说是看见小八了，其实也就是个背影，倒是他的同学正脸对着我。对于你们人类的美丑，我无意评价，只是当两只动物对望的时候，一般都会看着对方的眼睛。小八的同学目不转睛地看着我，弄得我也得一直僵硬地看着他。这感觉好累呀，不知不觉中已然起到了催眠的效果。我差点就要睡着了，如果不是"那个东西"的话。

小贴士

①这绝不是一个必要推荐的饲养方式！

只是因为幼小的孔雀鱼衬在洁白的勺底，的确非常漂亮。虽然它们已经发色，但还是拥有略微透明的身躯，带给人视觉上的享受，十分清新舒爽。

必要说明的是，这只是一个玩闹，如果您想尝试的话，请一定在有闲工夫的时候，务必谨慎操作，不要伤到鱼儿。还有就是在玩赏过后，及时把它们放回缸里。

最后必需要提醒，这个游戏只针对小鱼，您千万别把成年的孔雀鱼也放勺子里游泳，至于原因嘛，您往后面看就知道了。

第五节 飨 食

打破我睡眠幻想的是一个奇异的东西——准确点说，是一口奇异的食品。

出于饱吃闷睡的生活习性——注意，"饱吃"是排在前面的。所以，即使睡眠已经部分侵入我的大脑，嗅觉系统还是占了上风，把一股浓郁的香味强行推进了我的神经中枢。

这一变故立刻把我从逐渐模糊的精神世界里拽了回来。我太兴奋了——也的确可以说太没出息了，瞪着两只眼睛，来回扫视，愣没发现那东西就在头顶上方慢慢下沉呢。幸亏它落得准，等我看明白的时候，正好落到我嘴边上。

起初，我以为还是那淡黄色颗粒呢，心说不对呀，没这么香呀？再看看，好像不是了。这新物件是棕色的，而且沉落的速度没有淡黄色颗粒那么快了，体积也大了点，难道它是升级版的？（蛋黄：……）不管怎么说，闻着香，先吃一口尝尝。于是面前那位食物消失了……

几秒钟后，那位消失的食物在我嘴里焕发出天皇巨星一般的风采，所有味蕾都尖叫着成了它的粉丝，好像在我的印象里，已经举起了"颗粒颗粒我爱你，就像老鼠爱大米"一类的广告牌。大米是什么味道，我不清楚，不过像老鼠那种只能在下水道里混的低档货，想也知道肯定没见过什么大世面，大米？寥寥而已。与之相比我嘴里的这口美食，口感松脆，滋味复杂，咀嚼到每一个阶段都能冒出新的体验。那股浓郁的香味延绵悠长，纠结在口腔中，竟始终不曾散去，甚至提前贯通到了胃里，勾得我五脏庙都恨不得变出一只手来，伸到喉咙里抓挠^①。

我充分享受了咀嚼的愉快，才满足肚子的要求把这食物慢慢咽下，就这样还引起了味蕾些许的不满呢。没办法，手心手背都是肉，咱也得学会两头照顾不是？当领导的就得操这个心，要不怎么说领导都是日理万机呢。

导演：你还日理万机？你好意思说这四个字吗？

孔雀鱼：尤其我们导演，工作起来那叫一个废寝忘食，绝对是爱岗敬业的好模范……

导演：那个——小孔雀鱼啊，你也别太累着了啊，劳逸结合嘛，观众们还要看见你健美的线条呢，注意休息，中午让刘伯给你加餐……

既然是劳逸结合，那我更不能放松对自己的要求。为了满

足广大观众对我健美线条的期待，我抖擞精神，再次在这个连影子都挤不进来的狭窄空间搜寻起来。

勺子：你也太夸张了吧，什么叫"连影子都挤不进来"呀，你在我这儿拍的可是特写，特写！知道吗？

孔雀鱼：谁稀罕跟你一块儿拍特写呀，你看你脸上那朵小红花，不知道的还以为我大姨妈来了呢。信不信我把你粉刺抠出来，倒贴你一仙人掌！

勺子：……

要不是因为有事忙着——不，就算我没事闲着，也不会无聊到去跟一个陶瓷制品斗嘴。刚才转了一圈，我已经发现了，那个伟大的食物还有两粒，本来忍不住要一口全收了，但经过刹那间地挣扎，我决定延长享受美食的时间，于是还是一粒一粒按部就班地吃掉了它们。当然，口中也连续两次暴发出疯狂的尖叫，骚乱得好像吃进跳跳糖一样，纸飞机、荧光棒、大幅彩照什么的，全招呼上了，现场气氛空前高涨——

导演：好！闪光灯开，进广告！

广告：一东瀛武士，右手食指伸出，左手拿一放大镜看右手，片刻，一点头，"嗯，这饲料，有精神！"

掌声：哗啦啦啦啦……

武士：哦，还有掌声吗？阿嘞嘎多，阿嘞嘎多。

味蕾：闪开吧你！我们这是给神奇颗粒返场的掌声！

返场的掌声再热烈，我也不可能答应它们的要求了。我可不像牛是反刍动物，还有"吃了吐"的生理条件，什么东西一进了肚子里，就只能等着从后门出了。

正在我继续搜寻着底面，期望再有什么发现的时候，天黑了。黑得一塌糊涂，黑得伸手——不，伸胸鳍不见鳍叶。

可是，我还不困呢，我现在不想睡觉。这玩笑开的……

小贴士

①这个说法其实是比较象征性的，我指的是"胃"。

鱼类从解剖学上来说，并不具有真正意义上的"胃"，只是肠道前端有一个庞大部分代替胃的功能，但是，这个"胃"的消化能力非常有限，所以鱼类一般都是所谓的"直肠子"，在喂食的时候，应根据不同品种做出相应调整。关于孔雀鱼的饲喂方式，在后文还有详细介绍，敬请关注！

第六节　搬家——前奏

　　奇怪的天空就是这么讨厌，突然的强光刺进眼睛，我知道现在还不是睡觉的时候。

　　小八回来了，他低头看着我——也好像是看勺子，满意地笑了笑，然后闪到一边不知鼓捣什么去了。我知道肯定有事，不过，他既然现在不理我，我只好一个人继续趴着，偶尔无聊地吐个泡。

　　不一会儿，小八的同学也进来了。尽管他没打招呼，但小八肯定听见了动静，可是他连头也没抬。看他那专注的样子，也的确在那边操作半天了，有什么事能让他如此精力集中呢？

　　同学：抄作业。

　　小八：滚开……

　　千万不要听小八的同学胡说。小八虽然平时忙于玩乐和睡懒觉，的确经常拖欠一屁股作业，但是上周的作业在周末已经补完了。他现在正在做的是一件刚刚学到的事情。

　　他的同学进来的时候，正看见他握着一把手术剪刀对着一个瓶盖工作。

"干什么呢？"

"剪点饲料。"

"啊？怎么想起这出了？"

"用蛋黄不是太脏了吗，人家跟我说可以直接用饲料，但是喂小鱼的话，就得先剪碎了，要不它也吃不下去。"

"行，你也真有办法……弄这么多呀，它们吃吗？别都浪费了。"

"没事，我拿小勺里的那条先试过了，它吃。"

"是吗……我看看，嚯，还是仟湖的饲料呐，高档货呀。"

"那是，这事儿咱不能心疼钱。"

"不过，仟湖不是主做龙鱼的吗？怎么你买他们的孔雀鱼饲料？"

"都一样。饲料这东西是一技术活儿，他们能把龙鱼养好，说明他们对营养的把握特别好，做孔雀鱼的饲料肯定也没问题。"

"嗯……不错，给我，我也喂点儿。"

好像圣诞节到了一样，天空中忽然撒下了无数的糖果，哦不，是颗粒。我已经无法再找出时间来给你们重复它的奇妙与

55

仟湖 特别孔雀鱼饲料

美味了，张开嘴，拼命搜罗着掉在身边及悬浮在水中的每一口粮食，把它们成堆堵塞在口中。

味蕾传来的高潮，一次又一次冲击着我的大脑，我以为我要兴奋地昏过去了，却没想到在咽下一大口之后，就再也找不着它们了。意犹未尽的我，继续在小水洼里打转，甚至用扫出水花的方法，表达了我的焦躁，但是那些东西，那些美丽的"糖果"，却再也不见踪影。

所以，在这一天中后来发生的事情，我都没有心情再记录了。

不过，这一天中后来发生的事情也的确没什么可记录的。

又过了很长时间，我被毫无征兆地扔回了水盆里，然后天黑了。这一次是真的黑了，我带着遗憾的回味进入了睡眠。

从天亮开始，我的希望忽然又重新来临，看着如头皮屑般纷纷散落的颗粒饲料，我待在原地，惊讶得动都没有动。直到其他同伴在我眼前狼吞虎咽了好一阵子，我才如梦方醒，游过去捡食那些它们漏掉的碎屑。

导演：你又胡说，剧本上明明写着"雪花一样的饲料"，你怎么说成"头皮屑"了？你也太不尊重原著了吧！

孔雀 百万舞者

孔雀鱼：不是我不尊重原著呀，是那个作者不行。雪花是又大又白，而且呈六角花瓣状的结晶体；可是你看这个饲料，又小又细，且形状不规则，最重要的是它们根本就是棕色的！这完全更像是你平常掉下来的头皮屑吧！

导演：……好吧，那这一次就不改了。不过，你下一次一定要说是"雪花一样的"，否则观众会以为我很小气，真的用头皮屑当道具呢！

不管是雪花还是头皮屑，总之这次的供应量十分充足，我几乎吃到了嗓子眼都被堵住的地步。其他伙伴们也一个个都吃得肚歪身圆的，在水里漂荡着，慢慢地消化。

自此以后，好日子每天都会来临，一日三餐，无限量供应，直至吃饱为止①。并且更妙的是，小八每日照例要"打捞"一条小鱼放进勺子里玩赏，而我不知道是不是中了头彩，每次都会被他选中。

虽然我在那个勺子里根本施展不开，而且也不会吃到更多美味，可是，在这里仰视小八和他的同学里外忙活，确实别有一番滋味。

你可不要以为我会对那两个人类发花痴哦，在这种浅水里，更加容易听到外面的声音。从小八和他的同学的交谈中，我终于知道了奇怪天空的秘密：原来那个东西叫电灯，通过它就可以控制天空的明暗！真是太神奇了，那个电灯难道是上帝吗？

爱迪生：它不是上帝，我才是上帝……

还有我住的这个浅水洼子，叫勺子，剧本里给的这个品种还有个别名，叫小红花儿……小八的同学我也终于认识了，叫小白，平常的工作除了来看我，最主要就是给小八搜集各路已经写完的作业……

最最重要的那个，那个美好的棕色颗粒，叫"饲料"，准确一点说，叫"仟湖特别孔雀鱼薄片饲料"，这可是个了不得的名字，一定要记住！虽然它的字数很多，但是……

导演：不要在那废话了，这一集已经快完结了，有功夫去看看下一集的剧本。

小白：天公开眼啊，写到这里终于有我的名字了！以前老是被称作"小八的同学"，领工资的时候都没办法登记，结果弄到全班五十多口子去冒领我的薪水，我都三个月没拿到钱了！这回我有名字了，看你们还怎么跟管账的大妈骗钱！

孔雀　百万舞者

管账大妈：大家好，我是管账的大妈……

孔雀鱼：不用看啦！下集的剧本我早就背下来啦！

导演：不对吧，平常没见你小子这么积极的呀？

孔雀鱼：嘿嘿，各位看官想知道为什么这次我这么积极？

敬请期待下一回的精彩解说吧！

小贴士

①关于孔雀鱼的饲喂，这里有必要说明一下。

由于孔雀鱼是杂食性的鱼类，所以消化能力比纯肉食性的鱼类还是要强一点。但它的消化系统依然不完善，所以对于饲喂的方式，还是要选择以分餐多次为好。但是，幼鱼在出生的头两个月，如果营养跟不上，无论身材，还是色彩，将来都不会有优异的表现。所以对于幼鱼，一定要给它提供足够的食物，一般一日三次是比较方便的方式。

第七节　搬家——新家

又是一个阳光明媚的好日子，幸运中奖的我，再次被捞到了那个勺子里，兴奋得游来游去，尾巴直拍水花儿。

导演：怎么回事呀你？今天这么高兴？

孔雀鱼：那还用问吗，您看看剧本上的标题，我终于要打翻身仗啦！

导演：至于嘛，不就是搬个新家吗，能乐成这样？

孔雀鱼：当然得乐了！表面上虽然只是搬新家，实质上却是剧组对我职称待遇的承认哦！

导演：什么职称待遇？你是主演不假，可是你在我这里吃得不好吗？睡得不好吗？

孔雀鱼：可是我的住房面积一直不够啊！我向你反映很多次啦！

导演：有过吗？我一直没有听说啊？而且你刚才不是还用"幸运中奖"这个褒义词来形容被放到小勺子里的感受吗？

孔雀鱼：那是台词！那只是台词而已！你难道没有看到旁白标注的话外音吗？！

导演：哦，那个旁白好像被我屏蔽了。喂，你过来，把孔雀鱼主演的话外音交待一下。

旁白：录音回放。

孔雀鱼：额滴神呀，为什么这次又捞到我！我一个主演住在那个破水坑里，居然比住原宅的时间还要长！我买彩票怎么也没这么大的命中率？那些群众演员还有十条呢，为什么不会捞到它们？

群演：因为我们只是群演，如果被捞到勺子里出特写镜头，导演就要另付费，他不想给钱，又怕人家说他小气。

旁白：他本来就小气……

导演：闭嘴！你被屏蔽了！

旁白：录音结束。

孔雀鱼：你看吧，你看吧，再不换新宅，我的骨骼都要被压缩变形了。哎，不知道如果脊柱变成螺旋形，我会不会看上去像个蜗牛，我可不想真的"蜗居"。

勺子：你可真有想像力，都这个状况了，还唧唧歪歪——

孔雀鱼：我没说你，你就清静了是不是？要怪就得怪你！一把勺子长得这么小，还好意思出镜，下次给你换个替身！导演，去找个掂大勺的来！

导演：……你……你不要太激动吗，你也看了这集的剧本是不是？马上，马上就给你调整住房……

要说这阵子小八着实没有少忙乎，起码透过小汤勺里孔雀鱼的眼睛，就看见他"搬来很多似曾相识的物件"，而这些东西，其实是一套小缸。

眼见着仔鱼们越长越大，而且老把一个小盆摆在水族箱边上也不是个事，小八就寻思着给它们挪地方了。可是毕竟和大鱼的体型尚有差距，贸然放回去是否会造成悲剧呢？还是小白利索，毕竟不用自己花钱，所以看得明白。

"你这水族箱里还要进别的鱼吗？"

"目前没了，可是以后说不定吧。"

"万一你想养的鱼不能混养呢①？"

"那你说呢？"

"当然再置一个缸了。也不用现在水族箱这么大，以后进了单养的鱼就养在水族箱里，这些孔雀鱼就移到新买的小缸里。"

"那现在就买？"

63

"对呀，可以把这些小孔雀鱼先放在那个新缸里串缸，不是挺好吗[②]？"

于是小八采纳了小白的意见，反正也花不了多少钱，而且方便得很。他们学校附近就有一个类似于"跳蚤交易市场"的占地面积极大的居民聚集区，里面有专做水族生意的。小八和小白在那里淘换了鱼缸、过滤器、加热棒、陶瓷环和过滤棉，一贯大手大脚的小白又未经批准，擅自购买了一个观赏灯，结果被小八赖账。好说歹说，双方最终达成协议：从今往后至本学年结束，小八所有的作业均由小白负责借抄，小八一次性付清观赏灯款。

一个下午过后，宿舍里顺利地多出一个小缸，它的处女秀很漂亮；被小八用高锰酸钾溶液泡了起来，浓度为 0.5%。

……

我盯着这套小缸也不是一天两天了，打从它第一时间搬进这个屋子起，我就在心里打上了主意。不要以为我什么都不知道哦，我出生的那个地方和我现在居住的地方——不是那勺子——根本就不是一个系统的。我出生的那个地方叫做水族箱，是由五片玻璃组成的，而现在的居所是一个脸盆，材质好像叫

64

做"塑料"。

我每次趴在小勺子里的时候，看着水族箱和脸盆，都觉得极其不相衬：那个水族箱明显更漂亮、更气派一些。如果有机会回到那里面住，应该说得上是鸟枪换炮，廉租房变大别墅了呀！可是，不行。

一看见那个水族箱，当年那个大肚子恶婆娘的凶猛嘴脸，就会张牙舞爪地钻进我的脑海，吓得我即使身在小勺之中也要转过头去趴到水底，挥之不去的阴影恐怕要成为一辈子的情节呀。

对于我们十一位同胞兄弟来说，快乐的回忆是相同的，痛苦的回忆却各有各的滋味。本来我和那个无敌幸运儿，还有些共同语言，结果那孩子也不知怎么得罪导演了，被安排去做尸体，然后就一去不复返了。我的恐怖从此再无发泄的地方，有时从噩梦中惊醒，连个相互壮胆的伴儿都没有，只能一遍一遍地数绵羊，等数到灰太狼的时候，才勉强睡去。

这样的状况无论如何我也无法接受，现在住在脸盆里，日子虽然清苦一些——其实也没清苦到哪去——好歹还是"往事不堪回首"；一旦真的住进那个大魔窟，那可就天天都是"往

事不堪回首"了——前提还得是我有足够的运气，可以活到"天天"这个叠词所表示的时间长度。

所以，安乐知足吧。脸盆也好，小勺子也好，日复一日，食水不缺——即使偶尔缺食，水也不会缺。好歹是个栖身立命的去处，可以踏实过日子。

我曾经就是这么想的。

但自从那套小缸来了之后，一切都变了。我再次发现自己迫切地渴望着一个新的居所——那种对透明玻璃和悠游在一个完全是真正意义上饲养我们的地方的向往。

仔细看那个小缸，五片玻璃，一个黑色的大方块儿，还有一根棒子——基本上水族箱里有的，它都有了，就是缺一个顶盖；有一次，我甚至看见小八把一个"灯"架在小缸上，亮了一下，但是随即拆了下去，此后就没影了。不过，我不在乎这个，对于灯我一直没有什么好印象。

所以，这个小缸在我眼里已经几乎完美。虽说肯定比不上水族箱那种大别墅，也算是经济适用房了，总比现在这贫民窟要强上百倍吧？住到那里面去，既体面，又舒适，还不用为了大肚子母鱼的惊吓而天天吃速效救心丸，基本上就算是踏入了小康呀。如此憧憬，怎能不让我每天看着它眼巴巴地流口水呢？

……

辛苦的等待终于有了结果，在这个已经被童话故事描写了无数遍的阳光明媚、风和日丽、春暖花开、万里无云的好日子里，小八把小套缸中的高锰酸钾溶液倒掉，冲过清水之后，从孔雀仔鱼的水盆中舀了些水倒入小缸，又把几天前就晒在阳台上的水倒入缸中蓄满③。

打开过滤系统，循环水。

一小时后，孔雀仔鱼团队的十一位成员迎来了生命中的第一所新宅。首当其冲的那位，便是勺子里的那位小朋友。

小贴士

①所谓混养，就是将不同品种的鱼养在同一个鱼缸里，这样在观赏效果上的确有缤纷多彩的感觉，但是请注意，热带鱼中有很多品种是比较凶猛的，它们会经常有攻击其他鱼类的举动，这样的品种就只能单独饲养了。想要在鱼缸里养上一大群鱼的朋友，一定在采购之前问清楚这条鱼能不能够集群饲养，否则会给您造成很大的

困扰哦！

②串缸应该说是每一个新启用的鱼缸都应该经历的步骤。

具体做法就是把一条鱼或几条鱼放入新注水的鱼缸中，观察这些鱼的状态，检验鱼缸中的水环境是否可以让鱼只正常的生存。如果可以，那么这缸水就可以直接养鱼；如果不可以，就需要查找原因，然后再次换水。

串缸的鱼一般选用价格便宜的品种，因为这些鱼都是抱着"敢死队"的觉悟进入鱼缸的，一旦水环境不合适，导致鱼只死亡，您也不会蒙受太大的经济损失。

另外，还有十分重要的两点。

一是串缸鱼一定要和您准备正式饲养的鱼类的环境要求相似（或者，如果您准备饲养的鱼本身就便宜，也可以直接就用这个品种的鱼串缸），这样才能正确掌握水环境的信息。

二是串缸鱼本身一定要身体健康，否则一旦发生死亡，您便无法判断究竟是水质还是鱼病本身将鱼只杀死。如果鱼的身体带有病菌，那么在串缸失败后，除了重新换水，您还要提前（注意是提前！）再做一次消毒工作。很多朋友用小型鱼串缸，成功后直接放入凶猛的大型鱼类将它们吃掉，这就更需要您提供的串缸鱼是"无毒无害，放心食用"的了。

③小八的这个做法虽然粗糙了些，但对于孔雀鱼这类皮实的品种而言，还是没有问题的，主要是这种直接注水的方法一定需要"老水"占相当的比例——就是指正在用以养鱼的、水质良好的水——并且注入的新水也一定是太阳晒过的，排出氯气的水。

如果您家里以前并没有养过鱼，完完全全是一个新缸的话，那则需要使用"硝化细菌"养水。"硝化细菌"的商品成品在卖鱼的地方都可以买到，使用方法按照商品提供的说明指导就可以了。养好水之后，不要忘记先取一条鱼串缸。

第三章　变色期

第一节　个子大就是好

嗨，大家好！从今天开始，我的名字就不叫孔雀鱼了，你们可以称呼我的新名字：拥有新家的孔雀鱼！

群演 A：白痴。

群演 B：它正在陶醉呢，不用理它。

管账大妈：放心，它不会改名字的，改了名字它就不能来我这儿登记领工资了。

有了新家的感觉就是好！我浑身的肌肉都不由自主地颤动着，非要拼命游上几个来回才能迫使它们疲惫。那我就满足大家的要求，卯足了劲儿游吧！反正也没什么更好的方法能宣泄我此时激动的心情。

低着头游了几圈之后，我彻底地放松下来。这时却看见旁边的几个伙伴都对着我指指点点，嘀咕着不知说些什么。

群演 A：这也太不公平了，大家都是鱼，凭什么让它先进新家呀？

群演 B：谁让它是主演呢，主演大概就是有这些优待吧。

群演 C：9494，而且这娃也挺苦的，咱们住大房子的时候，它一直独自泡勺子呢。

群演 D：吃得苦中苦，方为鱼上鱼，平常心，平常心。

群演 E：羡慕啊，我也好想当主演……

群演 F：为什么偶们就不能当主演呢……

群演 G：听说它是导演的小舅子……

群演 A：哼！黑幕！暗箱操作！

群演 H：等一下，等一下，群演有十个人呢，怎么到 H 就没了？导演……

导演：嘘——大家小声一点！我告诉你们好啦，这跟主演没有关系，只是小八对这缸水也没有信心，想先放一条进去看看反应，他又懒得捞你们，正好手边有一个勺子，他就把勺子里的鱼先倒进去了……

完全放松下来之后，我才有机会仔细看看这里。

首先感觉到的是水流。原来刚才的肌肉紧张不完全是因为

71

激动，还有这里的水流。

水流？我仔细看了看，一个黑色的家伙整个趴在缸壁上，除了喝水，好像也不会干别的什么，最上方还写着"Evo EF－98 4w"的字样，不知道是谁搞上去的标志。它趴在那里一动不动，好半天也不挪个窝儿，难道是长在这里了？管它呢，反正凭它现在喝水的本事，根本别想对我们造成伤害，只要远远游开，谁也不会被它吸走。

奇怪的事情还不止这一件。

按照以往的经验，那根大管子进来喝水的时候，水面会因为水被喝走了而快速降低，这也是我一度担心的事情。而在这里，这个奇异的新家，虽然那个怪物在不停地喝水，水面却丝毫没有下降一点，倒是从上面还不停地有水注入进来，这一点通过已经被敲打得噼里啪啦的"天空"就知道得一清二楚了。

总之，这个让我渴望了无数个日夜的新家，带给我的是绝不辜负我好奇心的巨大新鲜感，我已经急不可待地爱上这里了。

下午，一整个下午，平安无事。我们在一起体验着被水流冲过的感觉，在这水流中嬉闹，休憩，或是若无其事地发呆。直到阳光变成金色时，我们都完全适应了这里的新环境。抗拒水流波动的鳍叶的抖动，基本上升级为机械的、肉体自动调控的了。

不过，说是 "无事"，也并不是完全都好，"无事"进行得彻底了一些，就是晚饭都没得吃了。

小八那家伙不知道是不是又跑到教室去抄作业了，居然把我们扔在这里不管不顾：从早晨没有吃饱的一餐开始，到现在所有兄弟都粒米未进呢——当然，这个词恐怕形容一群饥饿的老鼠更恰当一些。总之，我们在挨饿，而且不知道为什么，我感觉这饥饿很有可能陪伴我们度过很长时间，起码是今晚[①]。

仿佛在印证着我的预感一般，天渐渐黑了，但宿舍里依旧不见变化，除了光线。光线从热情饱满地抱着我们开始，慢慢地低下头去，到现在还剩下若即若离的一丝，飘游在我们身边，执拗地不肯离去。

但恐怕也是无能为力了吧。通过两面玻璃——隔离水的玻璃与隔离空气的玻璃，我们所能看见的有限的天空，已在不知不觉地披上暗色的晚装，恍惚间，已把光明侵染得只剩下了天边的一线。

我们的新家——这个小缸里缠绕着的最后一丝余辉，也随

73

着太阳的转身而被迫离去。它匆忙和我们打过招呼，甚至经过我身边时还挠了我一下痒。我想回敬它一下，但它已经走远了，只是它在消失的前一瞬间扔过来一句话："明天，早晨！"

天，彻底黑了。光明，转瞬即至——这充分说明无所事事的时光流逝得有多么快，而让我们期待光明的原因——

群演 A：我饿了。

群演 B：顶楼上。

群演 C、D、E：我们也是。

孔雀鱼：昨天小八那个白痴就没有喂咱们，今天也不知道会怎么样呢。

群演 A：你还敢说……要不是陪着你这个主演开机，我们至于起这么早吗？

群演 F、G、H：没错！都是你这个主演害的！现在你的行为对剧情发展一点贡献都没有，还让我们挨饿，你说你要怎么办？！

孔雀鱼：这个……大家先不要激动，我去找一下小八——喂，小八！小八！

小八：……呼呼……呼呼……

群演 A：哎，他怎么睡着呢？

群演 B：难道现在根本就不是拍戏的时间？

群演全部：孔雀鱼……

孔雀鱼：不、不、不会的！这一定是个误会，哈哈……剧本！快让我看看剧本！

群演某位：少废话！弟兄们上！先修理它！

孔雀鱼：……（关于非常十分以及极其凄惨的嚎叫及拟声词的 50 字在此省略）

充满内容的时间则是显得充实多了，我被一众群演揍了个七荤八素，好歹算留下条命，一个人缩到角落里慢慢缓气。

四下张望间，我发现一条鱼比其他人显得都要低调，并没有刚刚"做完运动"之后的兴奋，甚是独特。于是我游过去，跟它打招呼：

"早啊，朋友，我们好像还不认识呢？"

"不，我们认识，而且还是以非常直接的方式认识的。"

"是吗？我怎么没印象，什么时候啊？"

"你看。"

镜头回放：群演某位：少废话，弟兄们上！先修理它！

"这跟你有什么关系吗？"

"我就是'群演某位'。"

"……这样啊，你还真是直接。你是几号群演啊？"

"我是群演I，因为到我那里台词断了，可是我想说一句台词，所以就只能说这句了。"

"没关系，没关系，我下次小心你一点就是了，而且我可以让剧本充实一点啊，尽量说到你那里。"

"那也不行，因为我后面还有群演J，它到现在还一句台词都没有呢。"

"……先不管它吧，到时总会有办法的。不过我现在就想和你交个朋友，请问有什么我可以帮忙的吗？"

"……闪开一点，不要挡着我晒太阳。"

原来是个哲学家②！

我最应付不了的就是哲学家了。因为本人的脑容量实在不够，哲学这种纵横宇宙的学术，在我的理解范围内连个边儿都沾不上。

不过，我得承认自己对于哲学又是憧憬的，就好像尼采所说的："人类对于自己未知的事物最初是恐惧，进而变为敬畏，乃至最终的崇拜，这就是信仰的诞生"。现在我的面前就有着我未知的事物，我想知道用这种无边的智慧能否解决我们当下面临的问题。于是我满怀期待地问它：

"你现在也很饿吗？"

"是的。"

"你也和我们一样非常地焦急吧？"

"算是吧。"

"那我们一起想办法好吗？"

"梭罗在《瓦尔登湖》里面说过，人类只要远离那些本不应拥有的欲望，就完全可以生活得更加幸福和真实。"

……我看我还是远离这"不应拥有的欲望"吧，看来眼前这位就算把自己饿死，也可以毫不在意地告别这个世界，真算得上超脱一切的智慧呀。

跟它相比，我觉得自己太粗俗了，导演，我谢谢你，下次千万别找这么有素质的群众演员了，要不还让人怎么活呀。

导演：我也没办法呀，你没听说过佛祖面前的灯泡都可以得道成仙吗？这条鱼的祖先据说是从圣地麦加来的，连我的学问都比不上它呐。

孔雀 百万舞者

孔雀鱼：这样啊，那算了吧……哎，导演你来了？快去！把小八叫起来拍戏！

导演：小八，分析化学的实验报告今天上午要交！

小八：什么什么，改今天上午啦？！小白，快去给我借作业！

导演：……

小八：嗨，原来是个噩梦呀，我还以为听错了呢，接着睡——

导演：不要睡了你！你看看现在都几点了！你养的那几条鱼都快饿挂了！

小八：是吗？我看看——不对呀，导演，剧本上写着昨天晚上我和小白出去喝酒，结果喝高了，一直睡到今天上午十一点才起呀。现在才八点，我还能再睡三个小时呢。

导演：呃……这个……没关系，我现在就改剧本，改成你为了下午能够正常上课，所以通过早晨早起抄作业的方式帮助自己醒酒！

小八：……那小白呢？

导演：我已经让他帮你借作业去了！

小八终于起床了，碍于导演的面子，他提前完成了本应是下午上英语课时候才抄的实验报告。当然，迫使他早早起床的真正原因——我们，也非常大度地又等了他一个多小时。

然后，导演终于想起再次催促他过来照顾我们。

透过玻璃缸，我们看见小八拿出一个色彩缤纷的瓶子，举到我们头顶。

拟声词：哗啦啦啦啦……

我们终于被解放了，好日子终于来临了，在这里代表我的那些已经饿得快要晕过去的内脏们，发自肺腑地大喊一句：面包真好吃啊！

我顾不上回味这喜悦，猛冲过去挤开了前面一条鱼，一口吞掉面前的食物。口感还和以前的一样浓郁香醇，但体积明显大了很多。匆忙之中，我也顾不上细嚼，三口两口把它咽下，接着再去寻找。

吃东西的时候，我发现一个怪现象，有很多伙伴吃起食物来颇为费劲，吃在嘴里也是细嚼慢咽半天才能"整"下去，而我和群演 A、B、I 这几个人却都能狼吞虎咽地吃，别人吃下一粒的时候，我们恨不得三四粒都下肚了。而且抢食的时候，我

也会突然变得连自己都想象不到的勇猛，看见前面有别的鱼就一头撞开。有时和群演I相互配合，左右夹击，甚至能赶跑四条鱼。

只有遇到群演A、B的时候，这种进攻才会失效。一般都是我们四人混战一气，最终达成双边友好合约，井水不犯河水，然后更加专注地吞咽抢食。即使偶尔有人私自破坏合约，蓄意寻衅，也不过是大家再打一场，结局依然是不分伯仲。

这种情况持续到所有食物都被清扫干净之后就自然而然地结束了，但是当下次喂食来临，还是如录像机倒带一般，一丝不差地又来一遍。

这种情况理所应当地引起了我的重视。经过反复观察、推敲和侦测，我终于发现了一个惊天秘密：我和群演A、B、I四个人长大了！

没错，只要看看群演A和C、D、E它们游在一起，就能发现群演A明显长出一个脑袋；我虽然看不见自己，但和群演B、I同游的时候，群演A说我们三个一样大。这就是原因了！

虽然不知道为什么，但事实就是如此，我们四个在平方面积和立方体积上都比其他几位群演获得了长足的进展。这种进

展让我们无论在打架、争食还是嬉闹中，都体现出了完全压倒性的优势。

看来，个子大了就是好，不服不行。

小贴士

①新入缸的鱼，无论什么品种，无论金鱼、锦鲤还是热带鱼，都需要禁食一到两天。因为在这个时期，鱼只需要让自己的整个身体系统适应新的水质；额外的食物消化反而会增加身体的负担，造成消化不良等不必要的麻烦。

鱼类抗饥饿的能力是很强的，一到两天根本不会对健康造成伤害；等到新进的鱼只完全适应了水质，然后再予以饲喂，才是正确的选择。

②这是一句很有名的话，说出这句话的也是一位非常有名的哲人，想知道答案的朋友，鼓励你们自己去找找。

第二节　物以类聚

　　发现体型的秘密之后，鱼缸中几乎每天都会上演全武行的好戏。当然，必需要说明的是，孔雀鱼还算是温和的动物，所谓的打架斗殴，只是在争抢食物时才会发生，没办法，谁让个子大的我们吃得多呢。

　　导演：旁白，你怎么搞的！不是跟你说了，让你把吃得多的群演都去安排当尸体吗？！怎么现在又冒出来了？

　　旁白：没办法呀，导演，安排死尸是第二章时候的事情了，那时候这些鱼都吃得差不多呀，谁知道现在突然进化出这么几块料啊[①]。

　　导演：真是岂有此理，那还按老办法吧，看看下一节有没有死亡的镜头，提前让它们去演死尸。

　　旁白：不行啊，导演，再有死尸就得到第四章的后边才出现了，而且这几个演员是剧本钦定下来的，说是没有它们，这个剧就没有办法演了，所以它们已经不能死啦。

　　孔雀鱼：听见了吗？几位，你们可是被钦点的演员哦。

　　群演 A：听见了，听见了，没想到跟主演长得像，就能获

得这么大的优惠呀!

群演 B：跟着你，有肉吃。

群演 I：原来我也长了一张明星脸，真是造物弄人。

孔雀鱼、群演 A、B、I：大家好，才是真的好!

这几个群演说得好听，好像我长得很漂亮一样。其实，谁知道是不是因为恶意裁员的遣散费又提高了，所以才把它们留下来的呢。

不过，不管怎么说，从身高体重上来看，我们四个的确应该算是一拨。自此以后，好像是得到了皇帝的尚方宝剑，日常行为更加肆无忌惮，遇到不满者，就会以武力强制性教育，俨然成了这一片儿的土霸王。

某一日，我们四个人聚在一起，商量今后的事宜。

群演 A：老大，这个鱼缸终于被我们霸占了!我们手下现在已经有七个小弟了!

群演 B：没错，而且我们在二十四小时之前就已经有七个小弟了!

群演 I：你们两个是脑残呀，这个鱼缸里只有十一条鱼，除了咱们四个不就是那七条吗?

孔雀鱼：说的没错，这都要怪那个导演，平白无故安排了那么多死尸，弄得咱们现在连扩展势力范围的事情都没得做了。群演I，你比较有见识，你说说我们现在除了打架，还有什么事情适合咱们做的呢？

群演I：呵呵，你这算是问对人了，我知道有一种游戏叫做麻将，正好是四个人玩的！

群演A、B：太好了！导演，快扔一副麻将下来！

导演：这可不行哦，我们这个剧是禁止赌博的，麻将属于博彩性质的游戏，你们绝对不可以参加！还是找点别的事情做吧。

群演A：那可怎么办呀，饭也没得吃，麻将又打不成，这日子没法儿过了啊。

群演B：你就知道吃，咱们现在是一天吃三顿，昨天晚上已经吃过了；现在小八还没起床呢，等他一会儿起床了，咱们不就有的吃了吗。

群演I：阿弥陀佛，善哉善哉。食色性也，终非长久之物；苦海无涯，何日方可到极乐之世界？

孔雀鱼：我说你是出土文物呀，唧唧歪歪一大堆的，是什

么意思？

群演I：我的意思是咱们不如向西方旅行吧，我听说一千三百多年前有四只动物就是一直向西走，结果取到了佛经，还在佛祖那里找到了新工作。我们不如也走走看，说不定也能见到佛祖，还能顺便锻炼身体。

孔雀鱼：锻炼你个头啊！那四只动物可分别是一匹白马、一只猴子、一头野猪和一个水怪，而且还有一个人类作为向导；咱们不过是四条杂鱼，又没有向导，怎么跟人家比呀；而且你看看，咱们现在是住在鱼缸里，向西四十厘米的地方就是一块玻璃，你走出去给我看看？

群演I：原来如此，不愧是老大，连取经人的底细都打探清楚了，那你现在有什么想法？

群演B：白马、猪和猴子我都见过了，就是好想看看水怪长什么样子哦。

孔雀鱼：取佛经肯定是没戏了，不过，我们可以向东走，咱们的小弟还在那里呢。小八马上就要醒了，我看还是提醒提醒它们一会儿交保护费的事情吧！

群演A：嗯，老大说得对，我听说那几个小弟最近有一些不满情绪呢，还给咱们起了个名字叫"四大天亡"。

群演B："四大天王"好呀！我是从北京来的，我要扮黎明！

群演A：扮你个头啊，它们说的是"天亡"，不是"天王"意思是如果坏事做得太多了，会被老天爷收拾掉的！

孔雀鱼：反了它们了，还"天亡"！咱们现在就去，我倒要看看是老天爷先收拾咱们，还是咱们先收拾它们！

于是我们一行四人向东游去，踏上西天取经——哦，不，是教训小杂鱼的漫漫征途。大约行走了二十厘米的路程，便碰上那七个小弟，只见它们果然并不顺从，非但没有殷勤地打招呼，反而一字排开，与我们横阵而立，脸上满是警觉的表情。

群演C：你们过来这里干吗？还没有到收保护费的时间呢。

群演B：我们来这里找水怪！

群演D：水怪在喀纳斯湖呢，你们想看，得往西边走！

群演B：哼哼哼，幸亏老大英明，早已告诉我西边是玻璃了。想骗我，没那么容易！

群演E：……这种白痴为什么也是收保护费的角色……

群演B：哈！敢说我白痴，老大，它说我们是白痴，怎么办？

孔雀鱼、群演A、I：闭嘴！不要把"我"说成"我们"！

你就是个白痴，我们不认识你！

　　孔雀鱼：不过它们也的确够嚣张，敢这样挑衅我们，看来不给它们点颜色看看是不行了——给我上！修理它们！

　　我一马当先，带着三个爪牙，向那群杂鱼冲了过去，哪知还未交手，忽然听见群演I在背后猛喊："快停下来！有埋伏！"

　　我一推胸鳍，来了个紧急刹车，这时候离那群杂鱼已经很近了。只见它们兴奋地抖动着尾鳍，浮沉之间，竟从后部隐约露出一柄锋利的长剑②！还好群演I眼尖，及时提醒了我，要不此时说不定我已经吃了大亏。

　　群演F：嘿嘿，怕了吧，你过来呀，你怎么不过来呀？

　　群演I：老大，看这情况不妙呀，它们七个人都有佩剑，莫非就是传说中的七剑下天山？我们不能鲁莽，还须从长计议。

　　这一下我也犯了难，眼前这几位突然换了行头，让人摸不出深浅。别说是天山七剑了，就是全真七子，我们也打不过呀。可要就这么撤了，定然是颜面无存，以后别说收保护费了，走到大街上都得被人笑话，怎么办呢？正在我一筹莫展、进退两难的时候，一个意想不到的外援解救了我。

　　导演：快！进广告！

广告：号外！号外！孔雀鱼剧组演员内部私斗！两大黑恶集团为争夺一只水怪而对阵街头，现在人员集齐，火拼即将上演！火拼即将上演！四天王 VS 七剑客，究竟谁能赢得水怪的芳心？四天王组开盘 1 陪 15，七剑客组开盘 1 陪 75……

导演：快给我闭嘴！这里是不能公开赌博的！剧组私开盘口的事情你怎么也说出去了！

广告：四天王 VS 七剑客！想知道结果的朋友，请继续关注本故事下集，下注私人盘口的朋友，请往里面走……

小贴士

① 这里所指的身材上的变化是十分明显的，而区别就是仔鱼的性别。当孔雀鱼日渐成熟的时候，母仔鱼就会明显的体积变大，身材几乎达到公仔鱼的两倍，这是因为母鱼日后要负责胎生仔鱼的任务，所以需要一个相对庞大的身体。

② 这把"佩剑"，其实就是公鱼交配器。随着孔雀鱼的生长发育，公鱼的臀鳍会演化为一根棒状的交配器，这也是区分公母孔雀鱼的最明显的特征。

第三节 给你们点颜色瞧瞧

　　我正盘算着怎么把今天这关过了呢，忽然鼻子一抽，猛地闻到一股香气。我抬头一看，果然，小八醒了，正给我们喂食呢。

　　这要搁平常，我早冲上去抢了，可是今天用不着——我们就是来收保护费的，已经说好了，小八所喂饲料的七成归我们"四大天王"所有，并且由那七个小弟捡好了，专门给我们送过来。所以我们现在要过的基本上就是饭来张口的生活了。我悬在水中，看着它们游上去觅食，得意洋洋地等着它们把香喷喷的颗粒叼来。

　　这种得意只持续了三秒钟。

　　三秒钟后，我非常极其以及十分激动地想要再次阐述一个真理：我们没有进化出眼睑，这真是一个太明智的选择了！

　　在我的视线之中，那七个小弟杂鱼完全不理会我们的《互利共赢双边友好保护协定》，找到食物之后，竟全部一口吞下，丝毫没有往我这儿送的意思！不仅如此，群演 A、B、I 那三个笨蛋居然也跟着一起上去抢食，没有一个留在下面陪我！

　　天呐，这是什么世道，真是没有一个能信得过的！既然如此，我当然也不能傻待着了，一跃而起冲到阵中，一脑袋顶飞了面前的一条杂鱼，直接来到群演l跟前。

"哇噻老大！你刚才顶飞杂鱼的动作很帅哦，颇有点当年齐达内的风范！"

"啊，是吗？呵呵，其实我还有很多了不起的地方没让你们见识过呢，只不过我为人太低调了，一直不想人前显露，免得你们太崇拜我。"

"原来如此，不愧是我们的老大（孔雀鱼：你佩服我的词语就不能换一句吗……），不过我现在忙着吃饭呢，哎，这个东西你要吃吗——啊呜，好美味——你先到一边低调去吧。等你有什么节目再想给我们表演了，一定叫我哦！"

脑门一个十字，我直接暴走了。

"你这个笨蛋！我们是来收保护费的，你知不知道？！为什么不让那些杂鱼给你送来，却要自己过去吃！它们现在根本没有交保护费的意思啦！"

"安啦老大，看见这么美味的食物却还能毫无动作的生物，别说黑社会了，连鱼也不配当呀。"

"你说什么？！"

91

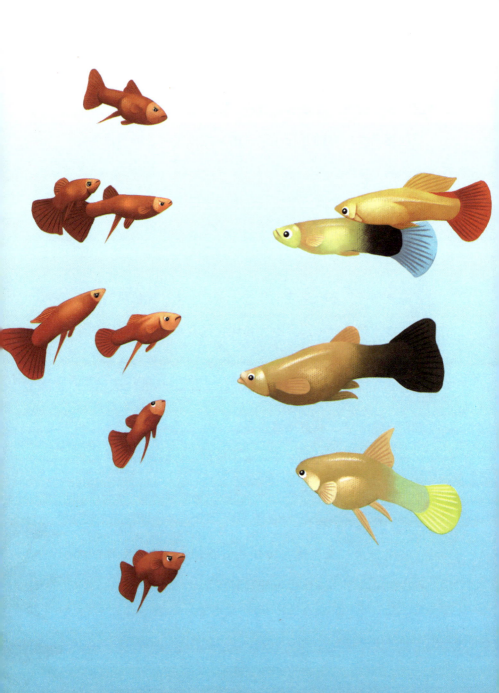

"你看看你后边，那七个小弟吃得多开心呀，你要是再不去抢，恐怕就要饿到下午啦，这种时候你难道还要等着保护费吗——啊呜，好美味。"

群演A、B：哦呦，老大来啦！怎么上来半天也不吃东西呢，难道是说要故意谦让一下，让我们先吃吗？那我们可就不给你留了！

群演A：啊呜，好美味！

群演B：啊呜，好美味！

气死我了。

"你们三个笨蛋！我吃了你们！"

全武行终于再度上演。

……

一番混战过后。

佩剑七杂鱼由于一边进食一边欣赏Chinese Kong Fu实战表演而获得了极大的满足。

群演A、B、I酒足饭饱后，直接进行了有益于身心健康的餐后运动。

我只吃了个半饱，还得到了"人肉沙包免费升级亲身新体

验"的额外服务。

这日子没法过了……导演，我要罢演……

导演：这可不行，你现在罢演了，我怎么办呀？再说我的地下盘口刚才买你的人可不少，人家都陪了钱了，你现在的赔率可是直线飙升，我还等着你再输两场，让我多捞点钱呢！

孔雀鱼：你……我……噗——

导演：哇噻，你这手原地吐血演得很逼真呀，什么时候学会的？你这样子出场，赔率可是会更高哦——哎，等一下，你不会是真的吐血了吧？旁白，快联系医院！就说我们这里卖血！

……

音乐：小白菜呀，地里黄呀……还有谁敢，比我惨呀……

由于被导演那个人间魔鬼掐住不放，我只能继续在鱼缸里的生活。不过，这口气不能就这么咽了。说到底还是那七条杂鱼惹的祸，要不是它们成心捣乱，我也不至于这么惨。对，找它们算账去！七把佩剑怎么了，老子光棍一根就跟你们铆上了！

主意打定，我对着玻璃缸上隐约映出的自己的影子加油打气。

"孔雀鱼，你行的，你是一条了不起的鱼，超人再胆大，也只敢把内裤穿在外面，你连内裤都敢不穿……"

热身运动完毕，我出发去找那七条杂鱼报我的血海深仇。很快，我便找到了它们。令我始料不及的是，它们完全变了。本来想给它们点颜色看看的我，却反被它们狠狠给了回颜色看。

我张口结舌地愣在原地，好半天才想起打招呼：

"群……群演 C、D、F——你们是谁呀？"

……

今天是个好日子，用这句话来形容小八的心情肯定错不了。自从前两天惊喜地发现公仔鱼已经长出交配器，他就估计着这两天应该发色了^①。果然，中午回到宿舍的时候，小八眼睛一亮，鱼缸里发生了变化。尽管这变化以面积来说实在是微不足道，尽管小八离鱼缸着实还有一大段的距离，但是，诚如所有热爱观赏鱼的朋友一样，小八对于自己孔雀鱼的关切之心想必您也都经历过吧？虽然是刚进门，但小八第一眼就瞄到了鱼缸里，一个微微泛红的身影缓缓游过，瞬间将睁大眼睛的主人招至缸前。

小八开心地乐了。对于观赏鱼而言，发色无异于第二次生命的降临。或者说，活着的观赏鱼只等于半条生命，发色之后，才能视为整个生命的全部。

小八所饲的孔雀仔鱼，有七条是公的，它们的使命就是焕发出艳丽的光彩，以供人们欣赏；现在，它们身上已经透出了清晰的红妆，虽然尚浅，但也足以昭示小八的成功啦！

小八坐在缸前，得意地看着自己的宝贝鱼，连小白进来了也没歪一下头。

"发什么呆呢兄弟——呦，发色啦！"

"嗯，了不起吧？其实前两天就有点，但是今天一下子明显了。"

"不错，再过两天就追上成体了……都是火炬呀？"

"是呗，又没有能杂交的。不过，这拨公的到时候拿来杂交一下吧，你帮我想想，能找个什么品种的母鱼。"

"嗯，行，过两个月再说吧。"

两人不再说话，仿佛所有精力都被吸入了鱼缸一般。不知不觉的牵引力提拉着他们的嘴角，摆弄出一个微笑的造型，久久不愿放下。

① 所谓的发色，就是指鱼类成长到一定阶段，由于身体成熟或性成熟等原因，而焕发出比原来更加靓丽的色彩。通常意义上的观赏鱼都会有发色的表现，但发色是否纯正，发色是否彻底，则是对观赏鱼饲养者的一个不小的考验。

孔雀鱼的发色由基因控制，相对十分简单，而金鱼、锦鲤、罗汉和龙鱼等种类的发色，则请关注本系列丛书的详细介绍！

第四节　拜拜，臭美的家伙们

愤怒当然不能解决任何问题，虽然现在被藐视，但我堂堂一个主演可不能掉了架子，在那群"换了妆"的杂鱼面前，我依然是昂首挺胸地游过，根本不看它们。

导演：你是怕看见它们就自卑吧。

孔雀鱼：你说什么呐，哼，连你我也不看！

就在我完全忽视了交通状况自顾自地往前游的时候，忽然迎面一个抄网，我连刹车都没来得及，就直接撞了进去。哎，这是——

天呐，我要被捞出去了——糟了，我这是要被送到哪去？在我印象里，脸盆和勺子两个角色已经杀青走人了呀，还有什么地方能放得下我？难道我是要被——

"哐当"的一声，我被有些野蛮地扔进了水里。

我知道这是哪里，刚才在空中横渡的时候我已经看清了。

做为在这里出生的孩子，现在已晋升为主演，我也算得上是衣锦还乡，本应该大声喊一句诸如"我胡汉三又回来啦！"之类的台词。可一抬头，直接看见了那条差点把我回收的大肚子母鱼，千言万语瞬间被硬生生地堵回了嗓子眼儿。趁它还没发现，我小心地游到缸底，找了一个角落缩起来，思索着目前的境况。

怎么回事啊，小八你这可玩儿大发了啊。把我放进这里边，就不怕我被——我忽然明白了。

果然是不想要我了，又觉得扔了可惜，干脆把我送到这里面喂鱼！我竟成了别的孔雀鱼口里的粮食！

我的心脏一阵阵发紧，原来真相已经残忍得让我无法相信了。我漫无目的地看着天空，觉得呼吸都是那么多余。我难受得在角落里乱转，胡乱抖动着身体，想要驱逐这种伤心，甚至狠狠撞击玻璃缸壁，但这都没用。

现实的诅咒已经牢牢把我掐住，就等着看我什么时候断气儿了。它现在看着我，就像猫看着老鼠，我越是挣扎，它越是高兴——同时也越是用力。不为把我掐死，只为让我更清醒地看见眼前的绝望。

死吧，反正也没有什么再值得炫耀的生活了。

我想试试自己能坚持多久才被大肚子母鱼发现。我没有勇气游出去面对它，我知道，我只能躲在这里，苟且偷生的本能

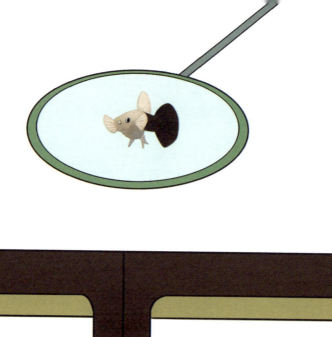

在最后时刻还是拼命塑造出一个空白的希望,硬塞在我的手里。我握着它,却好似握着我全部的颤抖与恐惧。

这是一个毫无意义的希望,我知道。这不过是臆想在摒弃了一切的理性之后画出的一张白纸,只为了在我面对最后的屠刀时可以大喊着撕碎它,为先前所有畏惧死亡的抖动所积聚的势能找一个宣泄的窗口。

我不甘心,我不想死,可我用等待的方式选择了死。也许,我只是想抱着这个希望一起死。也许,这是所有渴望生存的生命在无可奈何地接受死亡时,所能依靠的最后一丝自我安慰。

我紧张地注视着大肚子母鱼,目光僵直得根本不敢离开。以至于背后忽然有人拍我一下时,我触电般地跳了起来,一尾巴扇在它的脸上。

"哎呀一手好扇!"

"群演I!你怎么过来了?"

"不光是我哦,你看它们也过来了。"

群演 A 和群演 B 在不远处兴奋地游动着。

群演 A:老大,你刚才那一招神龙摆尾,样子好帅呀!幸亏不是我去招呼你。

群演 B：这个房子好大哦，感觉都够不到天花板。

"嘘——你们小声点！这样乱动会把大肚子母鱼招来的！"

"大肚子母鱼？你是说那条吗？它怎么啦。"

天呐，我忘了它们没见识过那个"生产线回收系统"的恐怖情景了！

"快给我趴下！你们三个白痴！"

我发了疯似地冲过去，和它们三个追打起来。那三个人却不明白我的意思，和我兜起了圈子。就这样追着，游着，不知不觉到了水族箱的中心。

猛然间，我撞上一个物体，抬头一看，大肚子母鱼！顿时一口凉气直抽到肚子里，只觉得颅顶盖儿被人掀开，一盆冷水直浇到尾巴尖儿。心说，完了。

出人意料的是，幻想中的吃与被吃在三秒钟后也没有发生，只听见大肚子母鱼凶神恶煞地冲我们大吼：

"哪来的野小子，边儿上玩儿去！别在这闹腾！说你呐，那个张着嘴巴发呆的，下巴颏子都掉啦！快闪开，找我打你呐！"

我呆呆悬浮在水中，惊奇地看着眼前似乎无法理解的一切。直到群演 A、B 要把我拖走，方才突然明白过来。

亲爱的读者您也一定想到了吧？没错，是我长大了！现在的身量虽然比大肚子母鱼还差得远，但和刚出生时相比早已不可同日而语。那条母鱼再厉害，也不过就是打我们一顿，而不会对我们的生命构成威胁。原来这才是小八的本意，他是让我继续生活在这里！

孔雀鱼：导演，你真吓死我了。

导演：没办法，这是人家小八的本意，若提前告诉你，就拍不出效果了。

于是，今天的故事终于得以圆满结局收场，王子与水族箱从此过着幸福快乐的生活。虽然在喂食时依旧会频繁地出现械斗，但只要大肚子母鱼大吼一声，我们都会乖乖地让到一边，老实地排队等候，生活似乎和平安稳了不少。

难道这也是小八的本意吗[①]？

小贴士

① 这确实是小八的本意。

103

　　群养鱼类很容易因为领地或食物等原因而发生打斗，即使孔雀鱼这样温顺的种类也难以避免。将群演A、B、I和主演一起放进由大肚子母鱼镇守的鱼缸，通过大肚子母鱼带来的总体威慑感，使其他小个体的鱼不敢相互打斗，是规避鱼群内发生混战的十分有效的方法。如果您也正在为此事苦恼，不妨试试小八的招术。

第四章　剧　变

第一节　原来是宿舍

旁白：由于主演孔雀鱼终于住进了它理想中的终极乐土水族箱——它也就这么点出息——已经乐得找不着东西南北了。它十分感谢小八，特意嘱咐我在本期节目前介绍一下他的宿舍。细心的观众朋友也许已经发现，为什么小八是住在宿舍里，可来来回回的只有他和小白两个人呢？

管账大妈：因为剧组的经费不够，其他演员的费用支付不起，所以就直接省了。

导演：不是这样的。小八的宿舍原本也是有六个人的，但是其中有两个转学了，三个住到别人的宿舍去了，所以只剩小八一个人。小白是隔壁宿舍的。

小八：这才是他来找我拍摄的最根本原因……

旁白：原来如此，导演的这一英明决策真可谓一石二鸟，

不仅节约了群众演员费的支出，连场租费都省了。好了，我们继续水族箱里的故事吧——什么，导演你叫我？

导演：今天刷厕所的清洁工休假，你去替他一天！

终于，离开了那群讨厌的杂鱼七剑客，住到了豪华气派的水族箱里。

这里必须要说明一下，以前的老东家并不是只有大肚子母鱼一条，其实还有另外三名群众演员。讨厌的是它们无一例外都是身携配剑、长尾巴、大花纹的"杂鱼"，而且一眼看去就能明显感觉它们的尾巴更大，颜色更深，绝对是原来那个小缸里"全真七子"的升级版，看着就来气。

不过，它们的身量显然比那七条杂鱼要大，年龄也更长一些，很有可能在我出生的时候就已经存在于这个水族箱里。那我当时怎么没被它们吃掉呢？

这个问题我问过小八，小八笑着摇头不告诉我；我问大肚子母鱼——我根本不敢问它；我又问导演，导演说你看后面的小贴士吧①——于是我不再关心，反正我也活下来了，而且现在成了这个水族箱的主人。

大肚子母鱼：嗯……

106

孔雀鱼：之一，之一。

反正，自从我的空间感觉得到满足之后，生活便继续无忧无虑地度过着。每天阳光照到对面宿舍楼的墙壁，又反射回来的时候，基本就是听见遥远的铃声响了四次之后——如果小八同学这天逃课，我们就可以吃到美味的食物。而如果他在这天不幸需要早起去补作业，那我们就要饿到中午了。

哎，谁让他是我们的主人呢，作为宠物大家就荣辱与共、生死与共吧。

群演I：其实还有一个更恐怖的环节，如果你不忍心，就由我们来说吧。

孔雀鱼：哎，对，你看我这记性，那就由你们代劳吧。

群演A：这个环节就是，因为小八是住宿的学生——

群演B：他在周末是可以回家的。

群演I：所以每隔五天，我们就要整整饿上两天！

所以，在这五天里，每日两餐，必然变成了我们最快乐的时光。很多时候，小八会坐在水族箱面前，不时朝小缸和这里的两个方向来回转动头部，我虽然不屑于他这个举动，不过此时只要往上漂一下，马上就会有雪花般的碎屑散落下来——哎，

107

抱歉，其实雪花根本不是这个样子的，可是导演非要我这么说，您就自己体会一下吧。

由于都是和我一样身强体壮的家伙，尤其是那条大号母鱼，所以，这个时候不拼命张大嘴巴"搂食"，那就很可能吃不饱了。不过，每次那种饱胀的满足感来临后不到一分钟，又会有雪花撒下来。

天呐，它们真能吃，还在抢！我都觉得自己快游不动了。

这种肚子饱胀然后看着别人大快朵颐的感觉，起初是无奈，久之就升级为愤怒了。每天我都发誓一定在下一次吃到第二拨食物，但是好像每天我都在重复前一天的誓言，这是怎么回事呢②？

旁白：那是因为你是一条鱼，鱼类的记忆只有三秒钟。你昨天发的誓，今天早就忘啦！

孔雀鱼：你什么意思？你这是在嘲笑我吗？你个死旁白——哎，你刚才说什么来着③？

旁白：……

白天的一餐很快就能吃饱，而晚上的感觉就不太一样了。小白一般这时候会和小八一起过来，此时，小八就会非常得意地直接把手伸到水面上，我们拼命地聚拢过去，就是半天看不见来食。

然后小八就会看着小白说："你看，都跟人了，多好，你也试试。"这样一阵子期待之后——有时甚至还要跟着他的手的影子来回梭巡上好几圈，才有零星的食物撒下。

我有时趁着咀嚼的间隙朝外看看，必然会看见小八和小白的两张脸。那种挂着面瘫笑容的呆傻表情真是好玩。我看着他们发笑，以至于忘记了抢食。不过，当他们其中某人站起来的时候，食物会再次降临，便又可以毫无顾忌地继续吞咽了。

许久以后，我知道了一个名词叫做"象征性"，意思就是"意思意思。"然后，我突然发觉原来当年那个在水面上晃动的手影也只是"象征性"的。

嘿，你个死小八，敢涮我？吃你东西就是给你面子了，还要给你们表演？！你当我是那群跑龙套的呐，气死我了。行，明天我看谁还敢给我"象征性"地来这么一手，我非跳上去咬你的手指！

旁白：拜托，你是一条鱼耶。那句话就不用我再重复一遍了吧？你只有三秒钟的记忆，还明天——

孔雀鱼：闭嘴！我知道你要说什么，不要逼我野蛮你啊——哎，你刚才说什么来着？

旁白：哈哈哈哈。

导演：你笑什么笑！不是让你去刷厕所吗，敢在这偷懒！不要逼我野蛮你啊——

旁白：……我刷，我刷，我刷！

小贴士

① 这个原因其实在于母鱼。

母孔雀鱼在临产和产仔阶段，都会变得非常凶暴，把其他公鱼远远赶走，我们的主演孔雀鱼出生的时候，那几条公鱼早就被打得不敢过来了，说起来也算是托了大肚子母鱼的福吧。

② 这种二段式的喂食方法比较可取。因为在一群鱼中，总有强势个体和弱势个体。若只是投喂一次，强势个体的鱼会抢走大部分饲料，结果就是它们吃多了，剩下的鱼还饿着。

二段式饲喂可以保证让第一拨鱼吃饱之后，第二拨鱼也有的吃，营养状况比较平衡。

③ 这只是坊间的一个传说，在科学上是没有依据的。事实上澳大利亚和美国的科学家分别对鲨鱼和鲤鱼进行过研究，证实它们都是有着很强的记忆力的，其中野生鲤鱼对"鱼钩"的记忆甚至可以长达一个月。不过，我们的主演孔雀鱼恐怕是个例外，这种笨蛋的记忆力大概真的也就存在三秒吧。

孔雀鱼：谁说我坏话呢？我可听见了哦——哎，你刚才说什么来着？

小贴士：哈哈哈，我就说吧？

第二节　猪流感与白点病

　　这几天宿舍的气氛可有些不对，小八每天一回来头一件事就是从脸盆里找出毛巾和香皂到水房去折腾，有时候进屋之前，还在楼道里掸掸土。在我印象中，小八不是这么爱干净的人呀，平常大概也是两天才洗一次头，至于袜子什么的，从来都不洗。最近这是怎么了？

　　小白好像也跟着变得神经兮兮的。平时一进来的感觉就是脏乱差，整个一"三不管"青年。现在好嘛，头天一见着，把我吓一跳——他把头发剪了，要不是剧本上只出现过两个人类，我估计就是再琢磨一上午也认不出来他是谁。他最近清洁身体的频率好像也增加了。往常往鱼缸前面一坐，都是一脸的迷糊样，最近看着越来越白，连脸边上的一颗痣都看清楚了。你还别说，真没辜负了小白这个名字，确实挺白的，也确实挺精神的。

　　更变态的还在后面，两人居然开始做值日了！打我有生之年以来，见到的值日也就一回，好像还是"校领导"什么的要视察。那次是捏了小八一把，他起了一个大早，把宿舍从头到尾打扫得干干净净，还借来了塑料袋，巨大的黑色的那种，把阳台上的可乐瓶子啤酒罐什么的都收拾起来。也就是在那之后我才知道，原来这宿舍的地板是白色的，那五张空床也不是放垃圾用的，阳台上原来也是可以站人的……

小八：这太失真了啊，阳台上都不能站人了，那得堆了多少可乐瓶子呀。

孔雀鱼：可乐瓶子只有一层，下面也是以前扔的垃圾。

小八：……

不过，库存的记忆中也仅有这一次。十天后，地板变成灰色，泡面盒和瓜子皮成为桌子上的装饰品；十五天后，地板变为水墨丹青，桌子上除了泡面瓜子外，又长贮了一堆鸡骨头，二十天后，地板恢复为以黑色为主旋律搭配白花纹的风格，并点缀以烟头、废纸和相当数量的瓜子皮外援；桌子上由于为抄作业保留了一块"极乐净土"，而没什么变化，只是多了一只袜子，大脚趾处破了一个洞。整个宿舍再次完全恢复了先前的脏乱差的景象。

打那以后，"值日"这两个字就成为了传说中的名词。想在有生之年再观赏一次的伙伴，我们基本上都对它不抱以任何希望了。

可是，原来奇迹是真的存在于这个世界的。就在我们眼前，发生了我连做梦都不敢想的事情——小八第二次做值日了！而且我可以凭直觉肯定的是，这次绝对和那个什么领导视察没有关系，因为小八是主动做的。

不仅小八做，小白也过来帮他做。两个平时连脸都懒得洗的人，通力合作打扫卫生，真是让人不得不叹服：上帝真是活生生的艺术家呀。

这一切的反常，洗脸，理发，做值日，不仅弄得我们莫明奇妙，渐渐地也平添了一丝忧虑，不会是连我们也要有麻烦了吧？不过，看小八和小白每天依旧来观赏我们进食时的轻松表情，又好像没什么大不了的。并且两个孩子都干净帅气了许多，吃饭的时候看着他们也觉得很舒服。

但是，我依然隐隐感觉到有什么巨大的变故正在搅扰他们的生活。

……

"猪流感"来了，这真是一个颇让人不安的新闻。虽说现在还没有造成什么严重的后果，但谁知道它会不会变成第二个SARS呢？所谓外来的和尚会念经，这"猪流感"无论从传染源，还是传染地，都是名副其实的"外来"，威力肯定小不了。小八和小白别看平时吊儿郎当的，关键时刻惜命着呢，又是个人卫生，又是宿舍扫除，这几天忙得两个人不亦乐乎。

终于，能再次看见白色的地板和干净的桌面了，小八心里也挺高兴的，毕竟也真的算是"久别重逢"。喘口气的空当，和小白一起坐在鱼缸前面，觉得周围的环境都快不认识了。

"太白了，小八，你怎么把地拖得这么干净啊？我要是刚从外面进来的人肯定直接被晃倒了。"

"不会的，刚进来的人肯定以为自己找错屋子了，会直接出去的，根本没有摔倒的机会。"

"真是有点不太适应——不行，一会儿我得洗个澡去，要不都不好意思在这屋子待了。"

"嗯，猪流感来了也好，让你彻底干净干净——待会儿咱俩一块儿去。"

"行，那我带洗发液了，你拿香皂就行。"

"其实我刚才应该弄一盆香皂水来拖地的是吧？"

"行了吧你，都魔症了。放心吧，你那么皮实的体质，一时半会儿死不了的。"

"你死开，你个乌鸦嘴！哎，你那屋还有《英语周报》呢吧？"

"嗯，你要学英语啊？"

"不是，明天这儿不是喷药吗，我拿几张报纸把我这鱼缸盖上①。"

……

早晨的时候，我们几乎是被地板砖洁白的光芒晃醒的。这屋子一干净了，我们的心情都跟着变得特别好，想着精神焕发、干净利落的小八一会儿要过来给我们喂食，我甚至有些兴奋得按捺不住了。

今天小八也起得挺早，好像那边刚传来两次铃声，他就已经穿戴完毕了。但是，他并没有直接走到水族箱这边来，而是开门出去了，看那样子，一时半会儿也没有喂我们吃饭的意思了。

果然，他回来的时候，手里拿着几张花花绿绿的纸，来到我们近前，不由分说就给两个盛鱼的容器罩上了。我们本来还等着吃呢，这一弄，等于是把投食的路子都给断了，场面不免有些骚乱，我们唧唧喳喳地喧闹起来。

群演 I：阿弥陀佛，传闻佛祖的手掌可以变成大山，把人压在下面，小八带来这个是什么意思？

群演 B：我好饿哦，这张纸可以拿下来吃吗？

群演 A：两个鱼缸都给罩上了，这感觉是要灭口呀！

大肚子母鱼：我不怕，反正我可以生出小鱼来自己吃，起码饿不死。

孔雀鱼：……

我不想说话，趴到缸底静静地等着。凭我以往的经验，但凡这种时候，准会发生什么不同寻常的事。小八也不再理我们，坐回桌子前，认真地开始抄录工作。

许久，我听到远处传来的第四次铃声，充满期待地望向小八。小八却还是不为所动，依旧忘我地工作。

小八不动，有人动了。我听见几声急促的敲门声，然后门开了，进来一个人。一个陌生人。

我歪头看看导演，导演耸肩，摊手，摇头，由此看来，这还真不是个群众演员。不过，这个人长得好奇怪，五官四肢倒还正常，不可思议的是，他的背上竟然多出一个巨大的方块，紧紧箍住他的躯干，上面还连着一根长管子！

117

这个人一进来，小八便放下手里的工作，很客气地和他打招呼，看来这人的来头不小。我把大家都叫过来，让它们参观这只奇怪的动物。

群演A：好厉害呀，背上居然有一套铠甲！难道他就是传说中的圣斗士？

群演B：不对，圣斗士都是亮闪闪的，你看他这么古怪，我猜是EVA的使徒。

群演I：别丢人了你们俩，还使徒，EVA里有这么小的怪物吗？你们看他的铠甲是背在背上的，明显是忍者神龟吗。

群演A：圣斗士！

群演B：EVA！

我还没说话呢，这三个白痴先打起来了。此时那个陌生人却露出了他的真面目，只见他手中连结方块的管子里，"噗"地一下，喷出一阵液体。陌生人技艺娴熟，把液体喷洒在宿舍的各个角落，经过桌面的时候，有几滴溅到了鱼缸和水族箱上，幸好有那些报纸挡着。然后他完成了自己的表演，开门出去了。

我长出了一口气，叫过那三个人，对它们说：

"别打了你们，我终于知道他是谁了。原来他是——穆高峰！"

　　本以为这位并非群众演员的朋友走一个过场就消失了，没想到，日后隔三差五地老能见到他。每次来都是喷上一地"毒液"，然后匆匆离去，小八还老对他客客气气的。小八自己的状况也升级了，不仅洗脸、洗澡、做值日，居然还弄了个口罩，一戴上遮住大半个脸，每天跟小白出来进去的，像俩佐罗一样。我莫名地感觉到一丝不安，忽然觉得有些不妙了。

　　小八的事情轮不着我操心，这是我两天之后得出的结论。我自己的问题还没搞利索呢。

　　这几天大家吃饭抢得有些猛了，免不了又被大肚子母鱼教训，弄掉我几片鳞。以往这些事情我都不在意的，自己长两天就好了。但这一次时间好像稍微长了些，并且伤愈之后，我感到有些不自在。于是我叫过来群演I，让它看看我掉鳞的地方。

　　"呦，这儿长了些东西出来。"

　　"什么东西呀？"

　　"不知道，白白的，好像棉花糖。"

　　群演B：棉花糖？我要吃！啊呜——

　　被群演B啄了一口，我感觉还真有点疼，不过，那种不自

119

在感消失了。我又让群演I看看，它却告诉我，那个地方的皮破了，露出了肌肉。也许是群演B咬的吧，我想。这家伙太愣了。

不过，事情远没有结束。第二天早晨清醒的时候，那种感觉又回来了。我直接找到群演B，又送给它一个"棉花糖"——这可麻烦了。

从第三天开始，我忽然发现身上不止一个地方长出了那种东西，而群演B也惊喜地看到不光是我，其他几位群演也或多或少地长出了"棉花糖"。群演B成了这里最快乐的鱼，我却知道真的大事不妙了。

我试图弄掉它们，在玻璃上蹭，让别的鱼来咬，但总不能彻底清除。这些看上去毫无生气的白色东西，总会在第二天顽强地继续冒出头来，好像挥之不去的梦魇。现在的水族箱里，除了神经大条的群演B，所有人都开始对这个东西产生恐惧。每天清晨，当大家看到我前一天清理干净的身体又自动恢复时，这恐惧便会增添一分。

我的几个伤口都开始隐隐作痛。虽然不知道是否危及性命，但如果持续不断地这样损耗，天长日久，就算不死，我也得发疯。看来还是求助小八吧，希望他有办法解决。

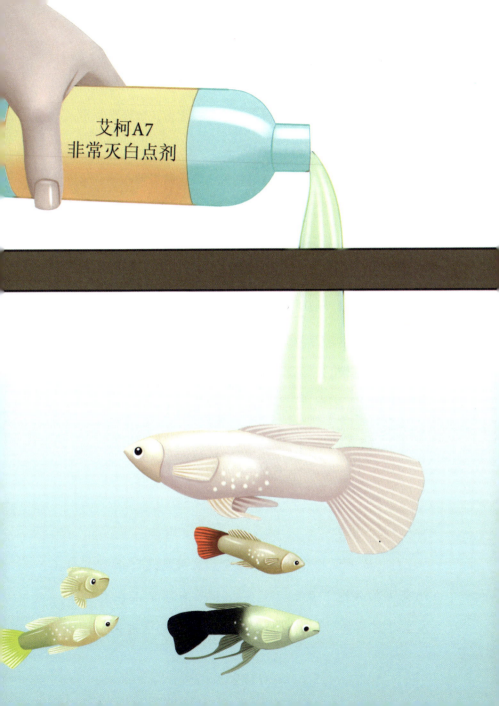

艾柯A7
非常灭白点剂

我带领着大家在吃饭的时候一起冲着小八摇摆，极力想引起他的注意，不管他知不知道，反正一定得让他看见。小八，你是我们最后的稻草啦！

所谓祸不单行，大概就是指的小八这两天的心情。猪流感愈演愈烈，弄得一片人心惶惶的，偏偏这两天孔雀鱼们又得了白点病。还好，这不算什么大病，小八也早有准备，拿了一瓶艾柯 A7 的"非常灭白点剂"，往缸里一倒，然后——

"加热棒，30℃。"

对于 100 瓦的加热棒来说，水族箱都显得小了点，温度不可遏制地超过了 30℃。第二天，第三天……第五天的时候，白点病全军覆灭了。

小白：你还把温度调回来吗？

小八：不用，天也冷了，就插着吧。

小贴士

① 盖上纸的好处不言而喻，主要就是防止药水和其他有害物品进入鱼缸。其实，如果您家里正在大扫除，灰尘非常多的时候，也建议把鱼缸事先遮盖起来。

第三节　我给搭出去了

纠缠我们多日的讨厌"棉花糖"，就这样无声无息地消失了，小八那家伙还真有两下子。

不过，看他这两天的心情好像不是很好，抄录工作也做得不那么积极了，每天来看我们的时候，他的眼神也是游移不定的。我从他的表情中，仿佛隐隐读到了一丝不安。

这种混合着犹豫、思考与反复的表情，大概——没错，就是您经常会看到的国产电影里的英雄人物准备奔赴战场时的表情。一般这种时候镜头都会放大特写，主人公的台词突然变多起来，然后他们的结局八九不离十都是死。我真的非常担心，一旦哪天看见小八突然下定决心的样子时，等待着他的会是什么，等待着我们的又会是什么。

小白的样子倒是快乐了很多，每天过来串门，聊天、看小鱼，脸上那种抑制不住的欣喜仿佛能随着粉刺一起涌出来。只有在小八表示出忧虑的时候，小白才象征性地跟着沉默一下。这真是一对让人搞不懂的搭档呀。

……

小八这两天的确是心情不太好，因为他得到一个据说让其他人都十分高兴的传说——

小白：怎么样啊？兄弟，我今天听系办的人说了，好像真的可以放假了！

小八：是吗……真要放啊？

小白：那可不，咱们这儿的高中不是已经放假了？就跟SARS那时候差不多呢。

小八：SARS那会，大学也没停课呀。

小白：那都是厉害的大学才不停呢。咱们专业本来就课少，回家自学两天，就可以回来考试了。

小八：嗯，那倒也是。不过，你说我要是走了，它们怎么办？

小白：扔这儿呗，又饿不死。

小八：可是人一走，这屋就得断电，过滤和加热都没了，两个礼拜肯定扛不住呀。

小白：……那要不你就搬回家。

小八：我疯啦，开学再搬回来，还不够折腾的呢。

小白：要不你送给彩彩吧，反正你老抄人家作业，就当还个人情吧。

小八：别逗了，那不直接把它们往地狱里扔吗，那可是连巴西龟都能养死的主儿。

旁白：特别说明一下。彩彩同学虽然在我们的剧集中有被提及，可为什么当时没有她的镜头呢？原因就在于，彩彩同学实在是一位声名远播的宠物杀手。传说放在她手里的宠物，没有一只能扛过二十四小时的，连皮糙肉厚、外加重甲防御、抗打击指数五颗星的巴西龟，也不过是前一天才到她家里，结果连第二天的朝阳都没来得及看见……所以，为了避免彩彩同学对剧组大多数主要演员所带来的毁灭性打击，导演只能忍痛割爱，把她屏蔽了。

小白：哦——这个理由很客观。

小八：对于小动物而言，彩彩绝对是一个人间凶器，要把孔雀鱼给她……

小白：恐怕连今天的黄昏都看不见了……

深思熟虑之后，小八做出了决定：

"明天吧，跟我一块儿去。"

"好。"

……

清晨的阳光把我惊醒的时候，我并没有因为明媚的天空而感到高兴。昨天晚上看到了小八的眼神，那种终于下定决心的、我一直在害怕的眼神。

我的直觉告诉我，一定不会有事，因为这不是韩剧，也不是国产正剧，只是一部普通的肥皂剧。而肥皂剧里是不会出现死亡的，对不？那些被拿来喝红茶、吃薯片用的肥皂剧，最后基本都是大团圆的结局，虽然俗套，但我和我的伙伴们，还有小八和小白——无须否认，我们就是想当一群大俗人。

我在为我的紧张感到好笑。我在担心什么呢？昨天夜里做了一个梦：站到水族箱前的人变了，不是小八，也不是小白，而是一位漂亮的女士，额头上绑着一根头带，上面写着：彩彩。女生冲着我们不怀好意地奸笑，继而大笑，继而仰天大笑，在我还没有数清她的牙齿的时候，梦却被惊醒。

这算是个噩梦吗？很多人都说梦是反的，我知道。我也知道自己不可能是梦中被毒蛇缠绕的斯巴达克斯①，我希望我不是。

想太多了，我脑子都乱了。倒是肚子咕咕叫了两声，这提醒我了，饭还没吃呢。我看看小八，他还在睡，我很奇怪地觉得他或许再也起不来了，就这么一直躺着，而我和同伴们就在这静止的时间中等待着那一顿永远无法兑现的早餐。

但是小八翻了个身，然后起床了。

我紧张地看着他，出来进去几个来回，并没有过来关照我们的意思。我耐心地等待着，等待着那个纠缠了我一晚上的未知的结局。

第二次铃声响起的时候，它来了。

我说"它"，是因为我竟然没有看到小八的动作。有些事情就是那么奇怪，你越是专注，越是会在稍不经意间错过它。就在我因为迟迟看不到变故而有些心烦，在水族箱里兜圈子的时候，我被渔网抄住了。

所有伙伴应该都觉得奇怪，因为下来的不是饲料而是渔网。但时间容不得我多想，我被带出水面，放进了一个新的容器里。在这里，我惊奇地看见了——

"天山七剑！"

"你怎么也进来了？"

"我哪知道，还问你们呢，这是你们的新家吗？貌似没有原来那个小缸好哦。"

127

"我们也不知道，只是一股脑都被小八装进来了，你不会也要常住进来吧？"

"嘿，你什么意思？"

我们正逗贫的工夫，群演 A、B、I 它们和水族箱里其他几位也都陆陆续续进来了。

我们这一拨兄弟姐妹都好奇地在新家里转来转去，却见大肚子母鱼不以为然地趴在水底，脸上一幅"少见多怪"的样子。我有心想问它吧，却实在张不开口；那三条"升级版"的剑客，我更是懒得搭理。于是只好拽着群演 I 游到大肚子母鱼近旁，故意大声说：

"你看这是什么地方呀，我怎么从来没见过？"

"我也没见过，前面的东西是不是玻璃呀？怎么是弧形的？"

"就是弧形的，看东西都变样啦！以后咱们就要住在这儿啦？"

"别吵了你们，烦死了！"大肚子母鱼绷不住了，"这不是家，这个东西叫塑料袋。"

"什么袋？第一个字我不认识。"

"塑，斯乌塑。塑料袋，你们没待过，我被小八买回来的时候就是乘的这个袋子。"

"真的啊，好厉害哦，你怎么知道这个袋子就是你乘的呢？"

"这里，"大肚子拍拍下面，"我留了记号。"

我游过去一看，只见底下刻着一行小字：幸运产妇到此一游。

……三道黑线。

导演：停停停！你们瞎说什么呢，一条孔雀鱼怎么可能会写字呢？还写在塑料袋上？我拜托你，演戏也尊重一下科学规律好不好……对了，小八，你还愣在这儿干吗，你不是要把它们带到贸易市场的吗？还不快去！

贸易市场的人口还是如往常一样稠密，小八和小白拎着孔雀鱼在水族专区转悠，找了一家店走进去。

"老板娘，我们这有几条鱼，你收吗？"

"什么呀，我看，都是孔雀鱼呀？"

"嗯，都是，十条公的，四条母的。"

"收，你要多少钱呀？"

"五块钱吧，行吗，十四条。"

"……哎呀，你这孔雀鱼都是卖不上价钱的，三块钱给吧？"

"五块钱，您不亏，"小白也过来帮腔，"这十条公的就卖五块钱了，等于还有四条母的是白送给您的呢。"

"哎呀，我就怕你们这鱼入不了我的水——"

"怎么入不了啊，我们这鱼都是健康的。"

"不是，我这缸里和你那缸里的水质不一样，你这鱼进来就入不了，活不成。"

"那您这鱼卖到我家里就也入不了我的水，也活不成是吗？"

店老板不再理他们，自顾自地忙活手里的活。

小白还想再说两句，小八拉了他一下，走出店外。

"前面都是店呢，再找一家问问。"

第二家店面积小一些，但看上去更精致，鱼的品种也更丰富，店老板是个年青小伙子。

"公鱼都是火炬呀——有俩马赛克，这母鱼不是一拨的？"

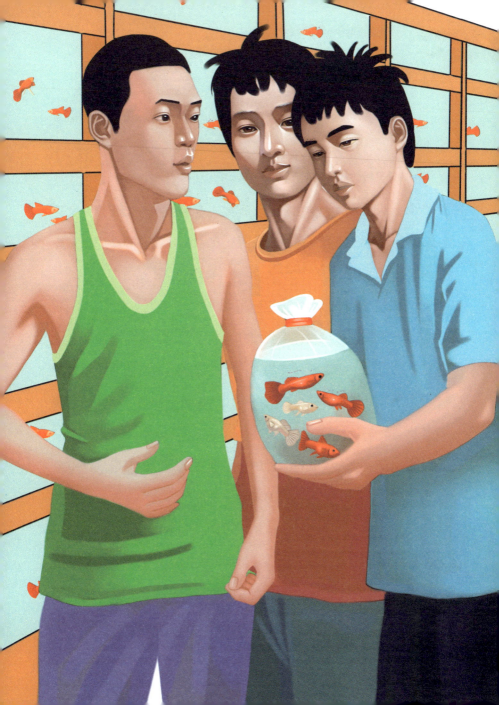

"嗯，大的是妈妈，小鱼全是它下的。"

"行，五块钱！咱们算是鱼友价，这几条母鱼算你们搭给我的。"

店老板说完，递给小八五块钱，把装有孔雀鱼的袋子放进一个"花花绿绿"的鱼缸里，那里边有新郎官、蓝眼灯、黑管灯和玫瑰灯，还有几条水针，每一种都和孔雀鱼的美丽相互辉映。

小八：Ade，我的孔雀鱼们，愿你们能有个好的归宿。

孔雀鱼：虽然具体发生了什么我不知道，但结局貌似不错哦。不过，听店老板刚才的话，我好像是给搭卖的——我堂堂一个主演，居然是搭出去的！小八，你给我回来！给我解释清楚！

小八、小白：各位亲爱的读者朋友，我们的演出到这里就画上句号了，不知对我们的表演您是否还满意？也许我们的演技还稍显稚嫩，我们的台词还略带青涩，但如果通过我们的表演可以给您带去快乐、知识、思考三个选项中的任意一个，那都将是我们莫大的荣幸！这本书的故事还在继续，接下来的内容更加精彩，请您一如既往地支持我们的孔雀鱼，永远做一位热爱生命，热爱观赏鱼的鱼友，鞠躬！

　　掌声：哗啦啦啦……

　　灯光：咔咔咔……

　　鲜花：姐妹们上！红色玫瑰打头阵！

　　幕帘：缓缓落下。

　　……

　　续章：水族专区的鱼店里，年轻的店老板看看泡在鱼缸里的塑料袋，忽然想起了什么似的，一拍大腿，站起来把塑料袋拿出来，放进了隔壁的小鱼缸里……

> **小贴士**
>
> 　　①斯巴达克斯是罗马共和时期最著名的奴隶起义军领袖。相传他的母亲曾经做过一个梦，梦见斯巴达克斯被一只毒蛇缠绕；后来斯巴达克斯遭遇囚笼之苦，人们认为那条毒蛇就是紧锁他的链条的预兆。

第四节 恐怖的邻居Ⅰ——橘螯龙虾

真是莫名其妙，好端端的放在那个花花绿绿的大鱼缸里多好，非要转到这么个小缸里来。

地方小了很多不说，灯光也一下子暗下去，阴森森的感觉，让人觉得水都凉了。不过没办法，谁让现在江山易主了呢；塑料袋晃了晃，然后整个翻了过来，我和一大帮群演一起漏入了这个光照不足的新家。

新家里的水和以前的味道稍有不同，不过这并无大碍，我们几乎没什么反应就适应了。昏暗的光线使这里的景致看得不是很清楚，但可以肯定的是，这里只有一面玻璃是透光的，就是正前方的那面。左面的玻璃透过去看，是一个和这里一样昏暗的鱼缸，右面的玻璃外则是模糊一片，什么都看不清。背后贴着墙，一堵暗蓝色的墙。我想这里的环境之所以显得阴森压抑，和这堵暗蓝色的墙一定有着莫大的关系。

看够了四周，眼睛也差不多适应了，我继续新世界的探险。下面的一个物体引起了我的好奇。那是一个赭色的罐子，外形看上去毫无新意：肚大，口也不小，看样子是能让很大的物体出入自由的一个摆设。

　　我被好奇心诱发，渐渐下潜过去，想进那个罐子里面一探究竟，但身置洞口上方时，却又戛然止步。那个黑洞洞的入口充满了暗藏的危机感，我看着它所笼出的一片阴影和一动不动毫无生气的造型，一股莫名的恐惧瞬间袭上心头，对未可知的危险的恐惧，本能地指挥着我的身体向后退去。

　　可是，即便如此，我的好奇心也没有完全消停。在那个巨大的入口处，股股的水流源源不断被吞咽进去，仿佛那里就是一个接收无限神秘与传说的洞窟。潜在的危险性，反而激发了血液里探索求知的勇气。

　　我没有贸然游进去，毕竟性命还是得要的，只是顺着水流涌动的方向，一点一点往那跟前蹭，并做好随时调头逃跑的准备。我紧张得开始干笑，但也可以说是恐惧引发一连串面部的抽动。

　　这感觉简直就像是往大肚子母鱼嘴里去钻，面前这张趴着张开的巨嘴极像当时的情景。唯一的区别是当时大肚子母鱼的嘴里只有死路一条，而眼前这张嘴里还有百分之五十的机会是光灿灿的黄金。我这就用眼睛去证实一下吧！

正当我准备以极大的危险为代价去做第一个吃螃蟹的人的时候，转机竟出现了。

随着一声呼喝，群演B这个神经大条的白痴高喊着"我要一个独立卫浴！"的口号直接冲进了山洞！但千分之一秒后，"哇呀呀"的群演B以更快的速度冲了出来，只见它慌不择路地绕了一个大圈，终于撞到我面前，一把掐住我的脖子用力摇晃：

"外、外、外、外星人！那个洞里住着一个外星人！"

外星人？这个称呼如果属实，足可以让群演B名扬天下了。我们顿时全部来了精神，一个个摇头摆尾，想下去一观"外星人"的庐山真面目。不过，那个"人"危不危险呢？从幻想的角度来说，"危险"的砝码显然更重一些。

于是，我想了一个万全之策：我们所有人排成一排，从远处面朝着洞口降落，这样一是显得群体强大；二是离那个鬼地方稍微远点；三是可以最直观地看到洞里的情况，一旦有什么异样，可以立刻逃跑。

制订好这个方案，我们又互相鼓励了一番，把群演B强行拉至队中，然后游到稍远的地方，掉过头来，缓缓降落。在我们的身体降至洞口一半的时候，眼前的景象把我们惊呆了，我们看见的是……

的确是个怪物，或者，正如群演 B 所说的，是个外星人。

这个东西是浅橘色的，在赭色罐子的映衬下，显得并不是那么好看。它的巨大我几乎无法形容，因为自我出生以来，除了小八和小白这两个大到完全超越我理解范围的生物外，其他活物在我脑海里还是有尺寸的。而眼前这只动物之所以说"几乎"，是因为它的体积正好踩在我智力的临界点上，我一时不知该怎么形容它才好。

许久，我才想起来，出生的时候，那个救我一命把我送进水盆里的透明管子，应该和这只动物不相伯仲。

最奇特的还要数它的外形，巨大的头盔，下面无数只脚，前面还摆着两只大钳子，一对眼睛像短棒一样支棱着，眼前顶着一簇细长的须鞭，完全像是 PS 合成的产物呀。不过，这个怪物虽然又大又丑，还出人意料，身体却好像不怎么灵活；即使在远处，我们也能看清它在被水流冲刷着漂摇，身体无奈地靠在罐子的内壁上，那许多的脚和钳子也丝毫派不上用场，全都软趴趴地搭在地上。

　　我往前游了一段，确定这是它的真实状态而非诱骗我们的手段，便爹着胆子游到它近前。

　　"你，你好，外星人先生。"

　　"嗯？嗨！什么外星人啊，我是这儿的住户，我叫橘螯龙虾，是龙虾的一种。"

　　"龙虾？没听说过，不过今天见到你也算认识了。你怎么了，不舒服吗？"

　　"没事，老毛病了，脱了件衣服就觉得浑身乏力，过两天就好了[1]。"

　　"脱衣服？这不太合适吧？导演好像说过咱们这里不让拍色情镜头哦。"

　　"哈哈哈，这你就不懂了，我脱衣服的权利是上帝赐予的，他一个破导演根本管不着。"

　　"啊？真的假的啊？"

　　"当然是真的了。哎，我看外边儿那些也是你的朋友吧？让它们都过来吧，没事，我也一个人住这儿好久了，正好跟你们聊聊。"

　　于是，在橘螯龙虾的盛情邀请下，我们一行全部聚集在大罐子的周围，和这位疑似外星生物的新朋友聊起了我们各自的见闻。从它的口中我们得知，这个罐子原来是这里的违章私搭建筑，好几次要拆走，都是因为它的舍命保护才得以留存下来。

"你们看我这双钳子，虽说现在软了，当年那也是威风八面，力敌千钧呢；我一个人守在这罐子门口，那就是传说中的'一夫当关，万夫莫开'呀！"

"哇……"鱼群中整齐划一地传来了港台片中花痴风格的赞叹声。

"这不算什么，当年还有几个小毛崽子想跟我抢地盘，被我一顿霸王钳打得落花流水——"

"后来呢？"

"后来——后来它们神秘失踪了。"

"神秘失踪？"

"嗯，有时候，可以看见一个抄网伸进缸里把它们抄走，然后就失踪了。"

嗨！我心里暗笑，这老英雄也有脑子转不过弯儿来的时候。

"咱们玩儿猜拳吧！谁输了弹谁一脑奔儿！"不知道谁忽

然提议。

"赞成！"

……

于是，可怜的橘螯龙虾一下午都在不停地被弹脑奔儿，因为——它只能出剪刀。嚣张的群演 B 甚至游过去得意地亲吻了一下那对钳子：

"啊！这真是胜利之神赋予我的绝对胜利的剪刀呀！"

"喂，你不要太过分了……"

阴暗的鱼缸就这样度过了快乐的下午。这地方有一个好处，就是天黑了之后不会再有"神秘的灯光"来捣乱，可以踏踏实实地睡觉。这也是橘螯龙虾告诉我们的，于是大家都放心大胆地睡了。

一夜无话。

第二天，待整个屋子亮起来的时候，我依然习惯性地来回巡游，却发现有点不对劲儿——人数不够。很明显的大肚子母鱼不见了，还有一位"剑客"也失踪了。

"它们人呢？"我问橘螯龙虾。

"它们——它们失踪了。"

"失踪了？"

"嗯，抱歉，当时你们都在睡觉，抄网一下来，就把它们俩捞住了，我还没来得及喊醒你们，就……"

尽管橘螯龙虾说得绘声绘色，我却觉得还是有问题，网子下来我不应该不知道呀，而且屋子里现在才来人，那网子是谁下的？我又低头看了一眼橘螯龙虾，忽然发现它眼睛里似乎闪过一丝狡黠的光。我心中一颤，不祥的预感再度涌上心头，但愿我看错了吧。

又是一天平安无事。

伙伴们对缺少了大肚子母鱼这样的人物丝毫不关心，依旧快乐地游泳，和橘螯龙虾玩儿猜拳，弹它脑奔儿。被这些无聊的事情充斥着，一天竟也很快就过去了。我开始有点不敢睡，但终究挡不住困意的侵袭，意识渐渐模糊下去。

第三天早晨，又有三条鱼"失踪"了。虽然橘螯龙虾把这事解释得很圆满，但我发现自己竟很难再相信它。于是我找来了群演Ｉ——幸好它还在——说出了我的疑虑。

"你是说，你怀疑它？"

"嗯，我的直觉告诉我它有问题。"

"其实我也有些信不过它，只是一直找不到证据，但今天早晨有一个不算是证据的证据，给了我一些启示。"

"不算证据的证据？"

"你有没有发现，咱们这两天一直没有喂食？"

"这还算正常吧，新鱼入缸，饿两天也是应该的呀。"

"可今天已经是第三天了，还没有；而且，我说的重点不在于此，我的意思是，你没有发现连橘螯龙虾都没被喂食吗？"

"对呀，它是这儿的老户，应该可以吃饭呀……吃饭……难道——"

我猛一抬头看着群演I，一个我最不愿意相信但又是最有可能的想法终于冒了出来。

我们相互对视了几秒，然后一起向下看去，竟看见——

"哈哈，你又输啦，来来来让我亲吻一下这胜利之神赋予我的剪刀吧——"

"群演B！"我们几乎同时叫到。

"啊！"惨叫过后，我定睛细看，钳子上夹住的竟然是群演J！

"群演J！你怎么被夹住了？！"

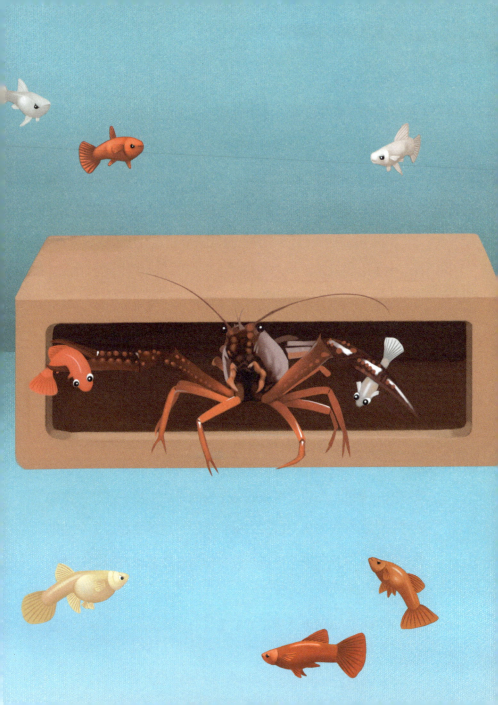

群演 J：啊，我死了。

群演 B：好奇怪啊，明明是我扑过来的，可死掉的怎么是你呢？难道剧本在这里有修改吗？

导演：停停停！你个龙虾怎么搞的，不是让你先挑个子大吃得多的下手吗？怎么把群演 J 给夹了？

群演 J：这不怪它，导演，是我一心抢戏，所以遭此大劫，我无怨无悔。

导演：抢戏？抢戏的话，我可以理解，可你为什么偏偏抢死亡的戏呢？

群演 J：导演，你不知道啊，这个剧组里最苦的就是我了。咱们的剧本到现在也码了几万字了吧？可我别说台词，连个出镜都没有！到今天都没能和观众混个脸熟，我郁闷呀。人家在第二章里提前出演死尸的，现在到别的剧组已经混上台词了，最次的也有两个出镜。可我呢？干耗着不能出镜，不死又不能转到别的剧组去演出，我实在受不了了，所以才在今天来抢这个死尸的镜头。导演，求你可怜可怜我，就大发慈悲，让我死在这儿吧！

导演：这么说来的确是我的工作有所疏忽呀，好吧，你就在这儿死掉吧！不过，我本来是打算在这场戏里再清除几个饭量大的群演呀，这回可——

橘螯龙虾：这个简单，我再 KO 一个！

群演 B：啊！我也死了。

"橘螯龙虾！你……"看着眼前接连发生的惨剧，看着橘螯龙虾终于亮出了它狰狞的面目——什么违章建筑，什么神秘失踪——"你这杀人凶手！"

由于实在经受不起这个残酷现实地打击，愤怒到极点的我，突然间神经紧缩，心脏骤停，"嗝"的一下抽了过去，瞬间不省人事了。

小贴士

①类似螃蟹和龙虾这样的甲壳动物，都会有定期蜕壳的现象。原因是因为它们的身体长大了，外面的旧壳已经包裹不住肉体，所以要脱掉。刚蜕壳的龙虾非常脆弱，连爬都爬不动，所以轻易骗过了我们的孔雀鱼，真是卑鄙呀！

第五节　我太幸运了

当我醒过来的时候，已经在一个塑料袋里，同游在身边的还有群演1和几位"剑客"。看着我疑惑的眼神，群演1给我讲述了我昏迷之后的事情。

由于我当时"嗝"的一下抽了过去，因为体内有一个鱼鳔的缘故，浮到了水面上，而群演1也游到水面来照顾我。此时，橘螯龙虾在缸底大开杀戒，把前两天弹过它脑奔儿的孔雀鱼全部KO了。所幸这种怪物不会游泳，不能漂到水面上来攻击，所以对我们并没有造成威胁。

正在此时，店里又进来一个陌生人，好像和店老板很熟的样子。他们热闹地聊了一会儿，然后陌生人对着我们所在的鱼缸指指点点好一阵子，店老板就拿出一个塑料袋开始装水；之后又把我们悉数捞进了塑料袋，在捞到我的时候，本来店老板想把我扔回去，没想到我在昏迷中还是很有力地挣扎了两下，于是也顺利地进入到袋中。

"之后，就一直到现在了。我们现在全部都在那个陌生人的手里。"

......

　　活下来了，这是我听完群演I讲述后的第一反应。虽然前途未卜，很有可能艰难的考验等着我们，但毕竟现在我还活着，而且和我所喜爱的朋友走在一起，我已经很满足了。群演J、群演B、大肚子母鱼，还有那几位剑客兄弟，死者长已矣，期待我们能在下一个剧组再相见吧。眼下的事情，交给我们就好。

　　毕竟，作为主演的我，真是太幸运了。

第五章 新 家

第一节 这个感觉好

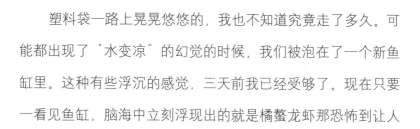

塑料袋一路上晃晃悠悠的，我也不知道究竟走了多久。可能都出现了"水变凉"的幻觉的时候，我们被泡在了一个新鱼缸里。这种有些浮沉的感觉，三天前我已经受够了。现在只要一看见鱼缸，脑海中立刻浮现出的就是橘螯龙虾那恐怖到让人恶心的脸。

不过，这个鱼缸还好，光线十分充足，看上就没有那种阴森森的感觉。我透过塑料袋望出去，有不少鱼在游动，有我们的同类，也有不认识的，都活得挺好，脸上并没有什么苦大仇深的表情。

这应该是个安稳的新家吧？

大约二十分钟后，袋子打开，我们再次一起涌入了新水之中[①]。呵，这地方好大！我本能的直觉告诉我，这个鱼缸比我当年那个水族箱还要大，左右望去，根本看不到边儿。我努着劲儿朝一个方向游去，在游过平时应该已经撞到鼻子的距离后，前方的水域还十分宽畅。我又随着水流漂了一阵儿，才看清前面的一大块玻璃。

这真是一个巨大的王国呀，我想。一回头，看见群演I也跟过来了。

"你也过来探路了？"

"也不是，不过这里面就这么几个熟人，地方太大了，还是不要走散得好。"

"嗯，是够大的，不过肯定安全，我一路游过来，也没觉得遇到什么危险。"

"……要是咱们一开始就住在这里多好啊，咱们一起，它们还没见过这么大的鱼缸呢。"

是啊，它们还没见过。群演B，要是现在活在这里，肯定会高兴地四处乱撞；还有群演A、大肚子母鱼、剑客们。虽然后两个选项不那么讨人喜欢，但好歹也算同经历过生死了，可是现在——橘螯龙虾，你个麻辣小龙虾！早晚我得吃了你！

橘螯龙虾：喂喂喂，你在瞎说什么啊！看清楚我的颜色，

149

我是橘色螯虾，不是那种小吃摊上的便宜货！

孔雀鱼：你还敢出来！成心找骂是不是？回去蜕你的壳去！

橘螯龙虾：你跟谁说话呢？别以为我这一节没有出镜，就不能教训你！收工之后要你的好看，小样！

鱼店顾客：爸爸，你看，这不是那天咱们吃的麻小儿吗？！这东西也能养啊。

橘螯龙虾：……我死也不要被卖给你……

群演 A：我的天呐，闹了半天，原来我已经死啦！导演也不知会我一声，真是……我赶快收拾铺盖去下一个剧组跑龙套吧。

地方虽然很大，却并不空旷。这个鱼缸的缸底铺满了小石子，你们人类的肉眼肯定看不见——但是我们却直接察觉到上面长出了毛茸茸的一层青苔。带着群演Ⅰ，我们俩一起在上面啄来啄去，悠闲地消磨时光。累了，我们就趴在石子堆上歇会儿，那种崎岖不平的感觉甚是新鲜。整整一下午，我们都在大鱼缸的一个角落里小范围游荡——可能是还无法适应这么大的环境吧，不愿意往远处跑。即使偶尔一边懒洋洋地漂游，一边满脑子傻傻地空想，也会在即将游远的地方仿佛看见一堵无形的墙似的，自觉地调头往回。

其实远处的风景也不错，尤其在鱼缸的那半段，有根深色的又粗又大的东西沉在那里，引起了我的好奇。我老远就看见有好多鱼都围着它在打转，时不时还会从底下钻出两条来，像是在争抢什么似的追逐打闹。

我颇有些心动了，想叫上群演I一起过去看看。不过这家伙太懒，死赖在水底不愿意动弹，还说些什么"梧桐一叶而天下知秋②"的大空话，意思是在哪里看风景都一样，你就别为了一个沉在水底的不明物体而锻炼身体了，分明是在给自己找借口。

我又游起来往远处看了看，心说不行我就一个人去呗，反正总归是在这个鱼缸里，我也丢不了。于是，我沉到群演I身边，打算最后一次劝说它，否则我就只身一人离去。那家伙本来还想借故推诿，没想到此时一个陌生人帮了我的忙。一个意想不到的陌生人。

就在群演I搜肠刮肚地编造它的歪理邪说，以期打消我远足旅行的念头，正说得唾沫横飞的时候，忽然我惊叫一声，拉

着群演Ⅰ跳向一边。

这一跳纯属是条件反射的行为。稳住身形后，我和群演Ⅰ向前看去。攻击我们的是一只巨大的生物——和那只橘螯龙虾一样巨大，也一样难看，甚至比橘螯龙虾还要难看。它是黑色的，还不是那种犀利的纯黑，更准确地说，是土灰色的底色上布满黑色的条纹，类似长年的皮肤病一样。这只古怪的生物，通身披着坚硬的鳞片，棱角分明，好像武士身上厚重的甲胄；从它猛冲过来的鲁莽行为看，它也的确有着武士一样的坏脾气。

虽然被它吓了一跳，我还是对它产生了兴趣，毕竟长得这么丑的鱼还是挺难得的。

它的头十分宽大，眼睛的位置类似朝天眼，如果试一试的话，应该只看得到上面。这样一个设计让它的整体气质一下子变得很呆傻，刚才的无礼举动似乎也找到理由了。我有意试试它的反应，于是故意沉到它的正前方。

果然，它不为所动，只是一扭一扭地向前拱着。再仔细一看，原来它的嘴巴长在正下方，是一个大吸盘；此刻，它正用这个吸盘认真地啄那些小石子呢。

小石子的秘密我就不再赘述了，反正我一看见它居然是个

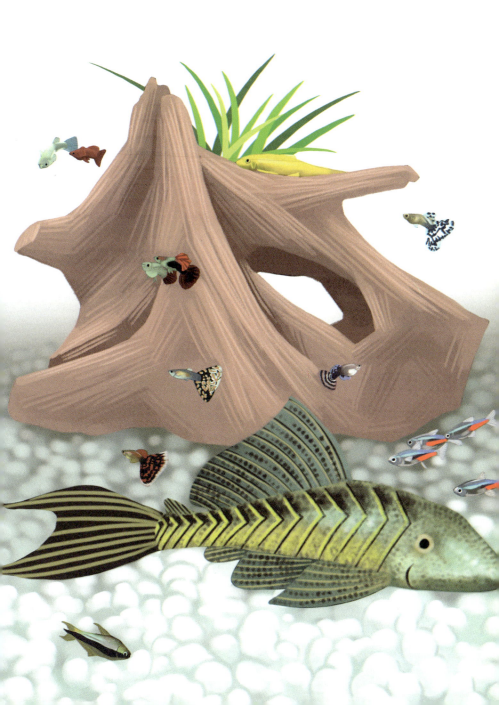

吃青苔的家伙，恐惧立刻完全飞出了我的大脑。我甚至围着它兜起圈来，从上下左右四面八方观察着它的丑陋，似乎这样就能把自己变漂亮了——在精神上的确如此吧。

群演Ⅰ可是被它吓着了，看见它往前挪动一下都紧张得要死。趁我游得离那个怪物远些时，它赶紧拉了拉我说："你不是想到那边去探险吗？反正这地方也让人占了，咱们就一起过去吧？"

说实话我还真有点意犹未尽的感觉。不过，为了这个丑家伙打乱我原有的计划也不可能，我嘲笑了群演Ⅰ两句，就和它起程了。

游起来我才知道，原来这段距离还挺远，那个物体之所以那么显眼，还是因为它太大了。为了避免到达之后出现一些不必要的尴尬，我特意在路上拦住了一位朋友，问它前面那个东西到底是什么。

"那是沉木啊，你不会没见过吧。"

"呃……是没见过，那是一种很特殊的东西吗？"

"不是啦，就是一根木头而已，不过里面有好多藏身的地方，还是挺好玩儿的。"

"那边那个是什么东西呢？就那个，正吃青苔的那个大怪物。"

"哦，那个呀，它叫清道夫，专门吃青苔和捡剩饭的。别看它大，其实就是一个傻子，除了吃什么都不会。"

"行，知道了。谢谢您，我们是新来的，以后还请您多关照。"

"没事儿，我也是前天才来的，这儿的人都好说话，你有什么事尽管问就行了。"

碰上这么个好邻居，真是件值得高兴的事儿。我们带着畅快的心情来到了"沉木"的上方，呵，这地方的确热闹得很。大部分鱼都聚集到这里，俨然成了一个公园。我仔细看了看那个叫沉木的东西，棕褐色，浑身皱皱巴巴的，好像还被什么人用力地拧过几下，然后扔到了这里，沉重而又坚实，并且天然形成了很多可以躲藏的地方，真是保护自己的不二之选，难怪那么多鱼都要聚拢到这儿来。我和群演Ⅰ暂时还没有"占山为王"的意思，只是进到里面去参观了一下，就这样还好几次被人误会给轰出来。我对群演Ⅰ说：

"看见没有，咱是来晚啦，好地段的房子都被人家占啦。"

155

"就是，没想到开发商那么快，没等咱们来就把地都盘出去了。"

"人家也没看过剧本，哪知道咱们要过来呀。"

"那就等着二手房？可是你看这个地段这么好，不可能有人要搬走吧？"

"唉，如果不行，我们还是回鱼缸角落里去住吧，还清静呢。"

虽然我和群演1一致对这里的住房分配问题表示了悲观情绪，但不可否认的是，沉木区的确是这里最繁华的地段，人口稠密，活动频繁，青苔丰富，水质柔软，是一片前程非常好的商业街。

说到水质柔软，我必须要提一句。好像大多数鱼类对这个条件都很满足，但不知为什么，我和群演1乃至全体在缸中生活的孔雀鱼家族的成员，就是不太喜欢这个。

有时在沉木区周边待得久了，这种柔软的水甚至会让我有一点恶心。幸好在这里，新的主人也算是敬业，隔三岔五就会给缸里换两盆新水。这两盆新水和老水一混合，顿时带来一股清新的水流，恶心也没有了，心情也愉快了，甚至觉得水也变清了。这样的感觉——好！

第二节　隔岸相望

我的新主人是个很喜欢摆弄的人。

透过鱼缸宽大的玻璃，我能看见房屋中摆放着很多设计巧妙的装饰品。在我们对面，确切地说是斜对面，有一个黑色的高桌。前一阵子那上面又多了一套缸，看见那缸的时候，我心里一动——真漂亮啊。虽然不过是几面玻璃，但看上去非常精致，不知道住在里面会是什么感觉。新主人往里到进水，然后一开灯——我的妈呀！

大肚子母鱼：叫我干吗？我现在别的剧组呢，没工夫理你！

孔雀鱼：……我错了，我以后只说"额滴神呀！"

在灯光的照耀下，这套小缸更加漂亮了，简直就是一座微缩的水晶宫。

这时，新主人——这三个字说起来实在别扭，以后干脆就叫他小新吧——手拿抄网走向了我们，他把抄网伸进水中，大大小小的鱼儿纷纷四散逃命，我也要跑，忽然听见小新在上面喊我：

"你别跑了，快进网子里来！"

"啊，为什么啊？"

"不为什么，剧本安排你现在过去串缸。"

"串缸？好危险的吧，我才不要去，万一出状况怎么办？"

"你不是主演吗，主演就得这种时候出来拍特写呀。"

"我不想拍特写了，你随便找个群演过去吧！"

"这么多鱼里头就你说过想过去，我们也是尊重你的意愿嘛。"

"我什么时候说过？"

"赖账是不是？剧务，回放！"

镜头回放：看见那缸的时候，我心里一动——真漂亮啊。虽然不过是几面玻璃，但看上去非常精致，不知道住在里面会是什么感觉。

小新：你不要说你已经忘了这句话哦。

孔雀鱼：呃……这个……

小新：甭废话了，进来吧你！

由于小新的强制性捕捞，我被迫踏上了"串缸"的心跳旅程，在路上，我还不放心地问他：

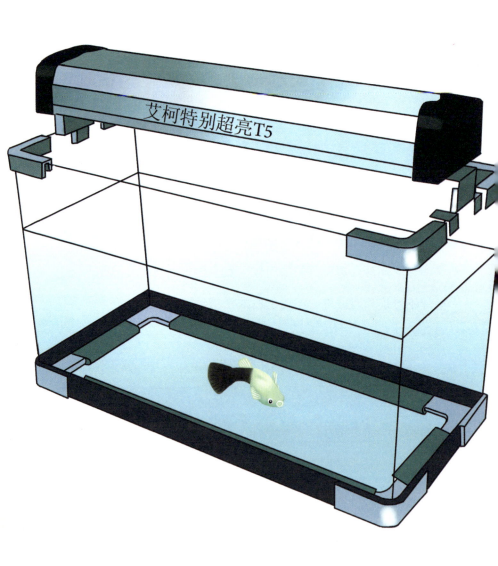
艾柯特别超亮T5

"那个缸，真的——"

"你放心吧，弄不死你的。"

"……"

"我跟你说，这可是仟湖公司特别制作的小白金缸，专养小型鱼用的，你要不是主演，还便宜不了你呢；我在上面还配了艾柯特别超亮 T5 灯具，专门给你准备的呦。"

小新说得好听，什么"专门给我准备的"，串缸工作一结束，我便一抄子给捞了回去。我问他理由，他只告诉我：导演的意思。

我走了，缸里总得接新人吧。很快它们来了，不过——哇噻，虽然过水的时候隔着两层玻璃和一层塑料袋，但还是觉得它们好漂亮呀！

等小新把它们倒入缸中的时候，就看得更清楚了：蓝草尾、蛇王和缎带。我虽然不是很肯定，但通过它们游动时张扬的尾鳍，还是能看出个大概。这些鱼并没有养在一起，小新在新鱼缸中插了一个隔板，把鱼分成了两群。一群就是那些明星级的漂亮新人，另一群——我仔细看了半天，和我差不多嘛！

自此以后，那个小缸算是有了正式入住的房客。那些新人

大概也知道自己非同一般，态度十分傲慢，平常根本不往我们这边看，偶尔游向我们的时候，也必定昂首挺胸地像只企鹅，隔着老远向我们展示它们漂亮的尾鳍。话说回来，虽然态度恶劣，但人家是真有货，我们这边的红尾巴跟人家一比，每一寸光芒都被覆盖了。不仅如此，那边的尾巴还特别大，完全抖动起来时，尾鳍的宽度甚至都能超过体长！单就这一点来说，它们已经是值得尊敬的了——见天儿拖着这么大一件袍子给人欣赏，绝对是个体力活儿！

不过，明星们也有遇事不顺的时候，而且这种不顺，恐怕是凭它们的力量无论如何也改变不了的。

在小新这里，我们和以前一样是一天两餐，并且饲料依然是仟湖牌的。小新喂我们的方式也与先前没有什么区别，飞机撒种子一样，一落一大片，我们可以吃到饱为止；如果还有剩余，就交给清道夫去处理。给那几位喂食就不同了，先喂跟我长得差不多的那拨，有时候一把撒完，有时候采取二段式，总之是让它们吃得饱且吃得好。

可是轮到明星们时，小新忽然啬啬起来，几乎是数着粒数喂下去的——凭我的经验，这肯定是吃不饱啊。但他就是要这样喂，弄得那几位明星每天都是"戛然而止"，苦不堪言。有时候，我看着它们贴着隔板游上游下的，想翻过去分享它们邻居的美食的情景，我也会禁不住叹口气说：

"哎，可怜的孩子呀！"

第三节　跳高冠军礼服姐

　　看罢了对面那些"耀武扬威"的漂亮新人，回头再看看我们自己，真是一水儿的游击队土老帽儿，怎么也提不起气来。

　　虽然我的脸皮厚，还不至于到了无地自容、自惭形秽，甚至当场吐血撞墙而死的地步，不过每天都要怀着那种被人俯视的感觉生存，这个压力还真不是一般的大。

　　孔雀鱼是观赏鱼，作为观赏鱼的品种是需要有美丑之心的。

　　"同样生活在一个屋檐下，作鱼的差距咋就这么大捏？"

　　我弱小的心脏实在是受不了这样的拷问，到最后只能不再看它们，眼不见心为"静"。一有机会我就沉到沉木的后面，如果被人轰出来，也一定把脸朝向和对面鱼缸相反的方向，一个人郁闷。

　　"干什么呢？一个人在这儿发呆呀？"

　　问我话的是礼服姐。和我们这些小土猴不同，礼服姐算是比我们高一个档次的品种，个人认为它是这个鱼缸里最好看的孔雀鱼了。

礼服姐的基因不纯，它曾经跟我说过，它除了"礼服"之外，还有"白金"的血统，但是自从那缸新人来了之后，和对面一条"真正"的白金一比，那灿烂恍若阳光的外衣，顿时使礼服姐黯然失色，变成一个素衣的女仆。从此，我们都知道礼服姐是一个杂交失败的残次品。

所以，如果说那些明星带给我的只是皮毛上的打击，那对于礼服姐来说，恐怕就是痛入骨髓的致命伤了吧。同病相怜，礼服姐估计也是无处排遣郁闷，找我说话倒苦水来了。

"还不是想躲它们，看着眼晕。"我向后瞟了一眼，等着礼服姐的反应。

"哎呀呀，不是吧？"礼服姐竟笑了笑，"你不觉得它们很漂亮吗？"

"啊？"我有些出乎意料，"漂亮是漂亮，可是……你不觉得它们看着很讨厌吗？"

"怎么会讨厌呢，难得有那么漂亮的伙伴，喜欢还来不及呢吧？"

"I 服了 You 了……"

"其实你只要怀着平常心去观赏它们，就会觉得这个世界

165

非常美好呢。"

"算了吧，我可没你那么宽广的胸怀，看一眼都会觉得心脏抽到骤缩，时间长了，我怕它会停跳……"

"没那么严重啦，它也就是条孔雀鱼，还能让你骤缩多长时间？一下子就缓过来了嘛。"

"问题是它们有十好几条，这个属于轮番轰炸……"

"……"

"算了，您别管我了，还是让我对着墙壁默哀自己的不幸吧，即便是宇宙中的灰尘，上帝也会给它一个栖身之所。"

"没……没那么严重啦，古人不是说过吗：鸟枪终有换炮日，咸鱼也能再翻身。你也有很多优点啊，比如……呃……这个……"

古人：这都什么乱七八糟的？随便诌一句台词，就说是我说的，你还不如说是北京猿人说的呢！

北京猿人：……还有比我更早的人类吗……

"没关系，礼服姐，你的好意我心领了。咸鱼翻身又怎样，翻过来不还是一条咸鱼——"

"我倒，你演《红楼梦》呐？自我批评也得有个限度吧！"

166

礼服姐终于抓狂了，"走，我带你去见导演！"

导演：啊？见我干什么？

礼服姐：我就是要让它看看，一个丑陋的演员也可以为剧组贡献力量！

导演：那跟我有什么关系？

礼服姐：如果一个演员已经丑到对不起观众了，那他也可以退到幕后，用另外的方式实现自己的梦想，比如当导演！

导演：……

旁白：还好我不是导演，说明我还不是很丑。

礼服姐：错！让你演旁白，是因为如果丑到你这个地步的人来当导演，就没有演员敢来拍戏了！

旁白：……

"可是礼服姐，导演在拍外景呢，我们怎么找他呀？你看，这儿已经到了鱼缸边上了，咱们怎么出去呀？"

"嘿嘿，这个你放心，我有秘密武器。"

"秘密武器？"

"你看看我的身材，是不是特别好？"

我仔细看了看，的确。虽然和那条大肚子一样同为母鱼，

但礼服姐绝不像大肚子母鱼那样圆滚滚的臃肿；相反，它的身体线条非常流畅，背部肌肉丰满，粗长的尾柄更可以说是健美。不过——

"其实，我每天都坚持对着电视做有氧健身操哦，所以身体锻炼得很好。"

"那和咱们——"

"你看这是什么？"礼服姐自顾自地指着自己的腰身问我。

"这是……黑色紧身衣①？！"

"没错，别人都以为这段黑色的墨斑是遗传的，其实，这是我美体塑形用的黑色紧身衣！穿上它，可以让我的身材更加有流线感，有效箍住赘肉，就像鲨鱼游泳衣一样，可以让我游得更快，跳得更高！"

"跳得更高……难道你想——？"

"对！咱们就从这儿跳出去！我先跳一个给你看看。"

"别别别！"我一下子后退二十厘米的距离，"还……还是算了吧，这么高怎么可能跳出去……"

"怎么跳不出去呀，你没听说过鲤鱼跳龙门吗？那么高的

168

龙门，鲤鱼都能跳过去，如果按同等比例尺缩小的话，咱们也可以跳出这个鱼缸，我先去喽！"

"等一下——"

"人间大炮——"

"汗，还要我给你喊口令吗，一级准——"

"发射！"

"哎，还没到三级准备呐，你怎么就出去啦？！"

看着礼服姐真的如出膛炮弹一样跃出水面，我还是挺惊叹的。只见它顺利越过高高的鱼缸上沿，像流星一般在空中画出一道光亮且优美的弧线。然后——

"怎么没有水呀——！"

天！你才知道啊[②]？！

五分钟后，小新回来把几乎已经晾干的礼服姐放回了缸里。

导演：哎，它怎么不动呢？

旁白：大概是刚才掉下来的时候摔晕了吧。

导演：那怎么行，我最看不惯有人消极怠工了，再把它给我摔活过来！

169

旁白：……

小新：闭嘴吧你们！什么叫摔晕了呀，你仔细看看，这明明是皮肤大面积脱水，造成的重伤呀！

导演：那怎么办？谁去拿瓶润肤洗面奶！

礼服姐：你们……别闹了，再……这么折腾……你们……明天……就见不着我了……

导演：哎呀，这是要出人命啊！让外面的狗仔队知道了，可是不妙呀。担架过来，快把它抬下去……不过，这可怎么办呀，它的戏还没演完呢……主演，要不你再重新跳一次？

孔雀鱼：我才不要！这简直是自杀，而且这一集的题目不是叫"跳高冠军礼服姐"吗？即便你找替身，也得找个品种与礼服姐相同的孔雀鱼吧？

导演：嗯，有道理……哎，小新，那个缸里不是也有条礼服吗，让它来！

小新：这可不行啊，这条是白金缎带礼服，很贵的呀，我可舍不得。

导演：没关系啦，不用让它跳，只要让它续演一下被放进鱼缸以后活过来继续游泳的镜头就可以啦。

小新：这样啊，那好吧。

"扑通"一声，那条"正版"的白金缎带礼服被扔了进来。

"咦，把我放到这儿来干什么？"

"让你客串这一集的主演哦。"

"主演还能客串啊，那我的台词呢？"

"你没有台词，不过——"我有意逗它，"你要表演从这个鱼缸里跳出去，不知道你有没有这个本事？"

"那还用说，你看着！"白金缎带礼服一个调头，留下一句话，"我可是被称作孔雀鱼中的乔丹——"

小新：关机了，关机了，大家收工休息——妈呀，你怎么也跳出来了？！担架，快！

小贴士

①礼服孔雀鱼的颜色特点，整个尾柄一定是纯黑色或深蓝色。

②孔雀鱼虽然是性情温和的鱼类，但是母鱼活泼好动，经常容易跳缸，造成事故，需要加以防范。相较而言，公鱼就安全多了，因为它们的尾巴大，跳不动。

第四节　恐怖的邻居 II——黄金鳉

　　小新的这个鱼缸非常大，光靠我们几条小鱼可是远远住不满的。所以缸里偶尔新添个朋友一点也不稀奇，我记得起码有几条帝王灯和二十多条红绿灯都是在我来了之后才入住的。

　　这天又有了点新动静，从头顶上方传来水压。我抬头一看好，又一个袋子泡进来了，准是来了新房客。

　　出于好奇，我立刻游了上去朝里面窥探：呦，是一伙我没见过的新品种。

　　虽说是新品种，但从它们的外形，我可以判断出来和我有亲缘关系。这个您完全可以相信，就好像你们人类看见猿，就会本能地把它认作远亲一样。

　　我仔细观察了一下，这些陌生的"远亲"最大的特点就是块头巨大。虽说和橘螯龙虾、清道夫那样的"大"还比不了，但也许是因为和自己的体形相近吧，它们的巨大直接从视觉上给了我不友好的压迫感。

　　然后是颜色。这些大块头的颜色显然没有孔雀鱼那么五光十色，不过，它们的颜色很统一，身体为银白带浅黄的金属色，

173

各鳍为鲜艳的黄色。尤其是尾鳍，还在上下缘处各镶有一条红边儿。整体的搭配可以说是大方得体，又不失鲜艳，再配上庞大的身材，的确显得雄健，且很有气势。

按说新来的朋友长得漂亮，我应该高兴才是。可不知为什么，我望着它们时，便隐隐感觉有一丝不安。它们的尾鳍和孔雀鱼的不一样，不是宽大的扇形，也不是半圆形，而是更加流畅的楔形。

这种楔形尾鳍的威力，我现在就已经看得一清二楚：它们在塑料袋内火箭一般地快速穿梭，有时游得快了，便直接撞在袋子上，发出巨大的声响。不用比，我也知道，凭它们的速度，现在缸里的小鱼没有一条能是它们的对手。不知道这可怕的速度在它们身上到底会用来干什么。

我觉得刚出生时那种被大肚子母鱼追杀的恐怖，又一点点地回来了。虽然我知道排遣恐怖的方式就是根本不要那么想，相信这一切都是自己的疑神疑鬼。但你也必须得知道，"只有快乐"的期待才是最容易被否定的；至于恐慌和悲痛，那是甚至在虚幻时就已经可以把你的脖子牢牢掐住的东西。只要你想到了，最后便一定会到来——无论是在现实中，还是在你的潜意识里。这恐怕也是上帝能够长存于人们心中的唯一理由吧。

且不说我的悲观论调是对是错，总之，我一定是在这个大塑料袋旁呆立了许久，直到一条"大块头"突然猛地一冲向我扑来，一口咬在塑料袋上，我条件反射地向后退了一大步，才如梦方醒。那大块头依旧盯着我，像一头蛮横的野兽，眼神里分明写满了杀戮。

我不敢继续停留在这儿了。

这算是什么远亲，从刚才那一眼中，我似乎已经判断出这些家伙的生活根本不需要交流和思考，只有猎，只有吃。这样的生活无疑是无趣的——但这样生活的鱼无疑是可怕的，因为在它们眼里，任何可以被吞下的东西都只有一个身份——食物。

小新一定是忽略了这个状况，要不他怎么会把这群活阎王放到这里来？我快速地下沉，游到沉木边缘，找了一个抬头观看比较方便、又能及时游进去藏身的地方，等着小新的动作。

果然没过多久，袋口翻覆，鱼群倾出。四条大块头像出膛的炮弹一样，猛冲出去。不过，接下来并没有立刻发生我以为的血腥杀戮事件。这个事件被导演安排在了三分钟后。

获得自由的大块头们，既没有沉到水底来追杀我们，也没

有巡洋舰一般地在整个鱼缸里梭巡，而竟然是懒洋洋地漂浮在水面上，甚至还不如刚才在塑料袋中有活力。

它们贴着水面漂浮，有力地呼吸，似是在适应新家中的环境。灯光照在它们银色的鳞片上，反射出抢眼的光泽。平心而论，这光泽真是挺漂亮的，我若不是对它们凶猛的性情有所忌惮，恐怕都会游上去仔细参观。

我有所忌惮，别人未必有。

终于，一条倒霉的红绿灯游了上去，傻傻地跟人家打招呼：

"你们好啊，新来的，在干什么呢？"

"晒太阳。"

"晒太阳？这里哪有太阳啊，就不想干点别的？"

"耗时间。"

"耗什么时间？"

"现在是二分零五十八秒。"

"什么意思啊？"

"意思就是你的戏份已经结束了！啊呜——"

"啊——我死了[①]……"

随着脑残的红绿灯被秒杀，四条恐怖的动物仿佛突然从沉

睡中觉醒的妖怪，四散冲向下方的鱼群，只要瞄准目标，就是"轰隆"一声，然后一个生命就消失了。

同缸的小鱼们散的散，逃的逃，有的也来到沉木附近。我霸着一个好地方当然不想让开，有体型小的鱼游过来，我直接把它轰走，而这样的鱼也往往就被大块头们"突击"掉了。

后来有一条帝王灯过来抢位子，我虽然明知打不过它，却也不会把保命的地点拱手相让，和它缠斗了两个回合。正巧这时一个大块头游过来，对着帝王灯就是一口。但是，显然，帝王灯的体型保护了它，它只是被咬掉了些许鳞片，并未被一口吞下。但就是这一口，也着实把它吓得不轻，连忙向远处逃去了。

由此可见，原来帝王灯也不过是欺软怕硬的胆小鬼，在这个鱼缸里，从此不会有人看得起它了。

与此大相径庭的倒是宝莲灯们。这些动物到现在也没有忘记自己的贵族身份，非要扯着大旗说什么保护自己的领地。虽然我们一再劝阻，它们还是义无反顾地冲了上去。当然，结果是很悲壮的，毕竟这不是《圣斗士星矢》，不是弱小的一方喊两句所谓正义的口号就能创造出奇迹的地方，这里是尊重科学的地方。

尽管如此，那些宝莲灯们依然获得了我们全部的尊敬，它们虽死而犹荣。更重要的是，这些宝莲灯的死终于让迟钝的小新意识到了些什么。

旁白：我说小新，我怎么觉得你鱼缸里的鱼变少了呀。

小新：不可能，大概是看见黄金鳉都躲起来了吧，所以显得少了。

旁白：……不对吧，你的小宝呢？

小新：哦，让我爸用了，怎么？

旁白：不是那个洗面奶！我是说鱼缸里的小宝。

小新：嗯，我给你找找……哎呀，还真是不见了……啊！你怎么把它给吃了？！

宝莲灯"平白无故"地消失，让小新终于知道了什么叫"真相只有一个"。

……

按说从这么大的鱼缸里捞鱼可不是一件容易的事，不过，好在黄金鳉们吃饱之后就全部浮到水面休息，没费什么事就把它们都解决了。

小新：真没想到啊，本来以为挺漂亮的鱼能充实一下水体上层呢，结果成"鱼肉凶器"了。

旁白：知人知面不知心嘛，你买来的时候，应该先问问老板啊。

小新：我问啦，人家说吃饲料的，跟孔雀鱼一样。

旁白：……你确定他说的不是"孔雀鱼在它眼里就跟饲料一样"？

小新：呃……不过，这几个家伙怎么办？其实真挺漂亮的，也不能扔了吧……来，我送给你！

旁白：好呀！那我一定单独弄个缸养。不过现在没地方搁呀……先放这里面吧。

小新：哎呀！你怎么把它们放进那个缸里了！我的妈呀，我的白金缎带孔雀鱼！

小贴士

①混养有风险，选择需谨慎！

第五节　不一样的感觉

旁白：话说上一节里由于小新的低级失误，把一群凶神恶煞引入了鱼缸，结果造成了"5·4大惨案"，弄得损兵折将，元气大伤。小新自知对不起那些可爱的鱼儿，这几天加倍地细心呵护，每天换水喂食，不敢怠慢。

这一节要给大家展示一下鱼缸之中"不一样的感觉"。

那位问了，什么感觉就不一样了？嘿嘿，告诉您，所谓"不一样的感觉"，就是——这一节将由本人替代小新先生出任主演！

导演：停！你又瞎说什么呢，这一节的主演依然是人家小新呀。

旁白：导演，你就给我这次机会吧，你看前一节那个爱跳高的死孔雀鱼说的话多难听啊。说什么我长得丑，所以不能上镜，今天我就非要上一次镜给它看看，用实际行动给它一记响亮的耳光。二号机，给我一个镜头！

镜头：……

摄像：导演，不好啦！镜片碎了一个！

181

导演：什么？我的天呐，这可是花大价钱买来的镜片呀，旁白你还是下来吧。你这样折腾，咱们的损失可太大了。摄像，你看看那个镜片能不能用胶水粘起来。

摄像：……

旁白：我天呐，居然是这么贵的镜片，幸好没有全碎，否则就是把我剁成馅卖包子也赔不起呀。不过这个镜片可真不给面子，我有这么难看吗，我看缸里的小鱼们好像都很欢迎我的到来呀。

小新：其实，只有清道夫很欢迎你的到来吧。

清道夫：早就听妈妈说过，我有一个失散多年的兄弟，难道就是你？

旁白：……算了，伤自尊了，小新还是你来接着主演吧。我要继续去做旁白那份很有前途的工作了。

小新：太好了，终于又回到我熟悉并喜爱的主机位前了。旁白，其实你也不用灰心的，在任何岗位工作都是为人类社会的大家庭做贡献，只要你乐于奉献，不怕劳苦，认真踏实……

旁白：好了好了，你不用打击我了，咱们快进入正题吧——咦？你手里拿的是什么？

小新：你看看，你看看，就你这样还想当主演呐？这是本集的重要道具呀，喏——硅沙。

旁白：硅沙？是花鸟市场里卖的那种普通的硅沙吗？

小新：是的，不过我已经淘洗过了[①]，所以看起来更漂亮。

旁白：你不是要把它铺到这个缸里吧？

小新：我正有此意，硅沙可以让水的硬度稍稍升高一点，孔雀鱼最喜欢的就是硬度偏高的水了。

旁白：那其他的鱼呢？

小新：其他鱼是这样的：其实这缸里所有的鱼都有非常强的适应力，大家在 pH 和硬度稍有变化的环境里完全可以毫无顾忌地生活。只不过因为孔雀鱼在硬度稍高的水里能表现得更漂亮，所以我想试一试。

旁白：哦，这样……可是我听说宝莲灯是很娇气的鱼哦，它这样也可以吗？

小新：宝莲灯啊，嗨，以前这里面只有四对，上次黄金鳉走个过场，就已经干掉了七条，剩下的一条，这不刚才还让你给吓死了，所以我才放心用硅沙的嘛。

旁白：……好吧，来，我帮你一起撒。

183

孔雀　百万舞者

……

黄金鳞造成恐慌的时候，鱼缸里的小鱼们精诚团结，共同逃命，彼此都成了不错的朋友。我想把那条帝王灯也拉成我的朋友，可是这家伙竟然死活不同意。

帝王灯：还想跟我做朋友！你当初为什么把我推出去？

孔雀鱼：哎呀呀，因为帝王灯老兄你比较厉害吗，让它咬一口又死不了。

帝王灯：你也厉害，你让它咬一口肯定也死不了！再说了，你的死活跟我有什么关系？

孔雀鱼：当然有啊，你没听说过"主演是永远不能死"的这条定律吗？我要是被那条大块头生吞了，咱们整个剧组就都玩儿完了呀。

帝王灯：你少来——哎呀……

孔雀鱼：哎呀……

正在我们说得起劲的时候，忽然，一阵沙撒了下来，把我们俩都噎住了，好在这东西不压人，从我们身边儿一下就沉下去了，所以除了造成一阵恐慌之外，别的倒没损害什么。

这一片沙撒了好长时间，直到把石子都盖住了，沉木的底

角儿也淹没了不少才停止。整个鱼缸看上去瞬间有了一番新气象。

旁白：呀，白了好多。

小新：嗯，争取早点发挥作用，让主演它们也有一份新体验吧！

小贴士

①新买来的底沙是决不能直接使用的，必须用清水仔细地淘洗干净，除去里面的灰尘和杂质等。

第六章　快乐的日子

 第一节　饱食的岁月

生活忽然变得更加舒爽和愉悦，只因为这片白色的沙滩——真抱歉哈，心情好了，我忽然就诗兴大发。

小新：这算哪门子诗呀，一分钟我给你做七句。

对于我来说，心情愉悦带来的直接后果就是食量暴增，简直能达到原来的两倍。礼服姐每次看到我进食都会把群演 I 拉到一边，然后指着我说：

"千万别像它那样，暴饮暴食又不锻炼，早晚跟三高扯上关系；咱们现在本来就肥胖，稍微一不控制就得出毛病。你看我天天做有氧健身操，也才勉强维持成这个样子，像它那样怎么得了。"

不过事实证明，群演 I 也绝不是个听话的好孩子，更多时间它还是和我一起痛快地大口吞食。它的食量也涨了，虽然没

我这么夸张，不过对于礼服姐来说，已然全都是噩梦。

这一天也和往常一样，在小新撒下饲料后，我第一个冲了上去，旁若无人地大吃起来。大概是今天的饲料撒得有些多了，我都快吃饱了，可是前后左右还能看见食物的影子。

"浪费粮食是可耻的"，我绝不能当一个反面教材。于是我加了把劲儿，把那些没人吃的饲料全数收入肚里。

之后的一整天，我明显感觉吃撑了。游泳的时候都不能做过大幅度的摆动。稍微一扭肚子就隐隐作痛，甚至连趴在缸底时都要大口大口地喘气，否则就憋得慌。

晚上小新又来喂了一回，看着其他人在水面上穿梭，我是一口也吃不下，觉得肚子里好像装进了石头。只能盼着夜晚快点降临，好让我在睡梦中消化了这堆东西吧。

第二天，清晨。以往这个时候经过一晚上的消化，我们肚子里的食物都被吸收得差不多了，排泄物也都已经被清出体外，我们只等着轻装上阵，再去大吃一番了。可是今天早晨我没有精神，很没有精神。觉得肚子里那些多余的东西还在，好像它们被"留宿"了。

我拖着滚圆的大肚子想去找群演1，没想到它先过来了。

看它一副活蹦乱跳的样子，我心里有点来气。

"早啊，孔雀鱼！"

"早啊，猫头鹰。"

"什么呀，怎么这么没精神？"

"别说了，肚子难受，感觉排泄不畅。"

"啊……是便秘吗？"

"去……行了，你别管我了，待会儿就好，吃饭时候你来叫我吧。"

"哦，好吧，那我先去和礼服姐晨练喽，拜拜。"

晨练？我倒，这孩子终于让礼服姐忽悠了，也变得这么假模假式的。

不管它们了，我还是先和自己的肚子战斗吧。

你别说，让群演l这么一折腾，还真来了点感觉。我咬咬牙，一使劲，哎——还真出来了。不过这次和以往不太一样，出是出来了，肚子却并没有舒服的感觉，而且排泄物并没有断掉，还和肚子里的连着呢。我再使使劲，又出来一点，还是没有断。看样子我要和这堆排泄物打持久战了。所谓与天地斗，不如与人斗；而与人斗的最高境界，恐怕就是自己和自己较劲了吧。

这次的排泄物很细，弄得我的后方都有种使不上力的感觉，而且它如滔滔江水延绵不绝的，我都快排出一条股指曲线图了，它那还深不见底呢。

也不知过了多久，我算是筋疲力尽了。后方已经没有了感觉，大概是终于搞定了吧。这时候，群演I在上方叫我，说是已经看见小新的身影了，让我上去准备开饭。我舒活一下筋骨，懒洋洋地游上去，却发现群演I惊奇地看着我。

"干什么呀，这种眼神看着我？"

"孔雀鱼，你进化出尾巴了？"

"啊？"

我低头一看，哇噻！原来我折腾这么半天，还没有把它排出去，现在拖着长长的一截在水里漂着。

"呃……这个……没什么，我刚才放风筝去了。"

"你放风筝？我看你是被放风筝了吧，"说着话群演I忽然往后退了一大截，"我看你肯定是又病了。"

"嗯……也可能吧，你离我那么远干吗？"

"我跟你说啊，你最好申请导演把你安排进单人病房，我可不想被你传染。"

"切，你就这么不仗义！"

我们一来一往地说着，完全没留意到缸外，小新的眼睛已经看了我半天了。

五分钟后。

"今天的状况果然不一般呀。"我看着小新把加热棒拿出去了，一会儿又放回来，慢慢地说。

"还不都是因为你，"群演I显然不高兴了，"我们现在还没吃上饭呢。"

"嗯，小新一定是想用实际行动告诉你们，有福同享，有难同当。现在既然我病了，你们就陪我一起挨饿吧。"

"你想得美！小新肯定是在做准备工作，给你腾地方呢。你就等着被捞出去泡药水吧，变成标本之前，再看看我们吃饭，肯定让你别有一番滋味，哈哈。"

现在我告诉你主演和群演的区别，那就是：主演的愿望大多随着剧情会实现，而群演就未必了。

群演I兴奋地等了几分钟，小新却一点喂食的意思也没有。不但如此，在接下来的时间里，还撒下来一堆黄色的粉末，鱼缸里顿时充满医院的味道，连颜色都变了。

"完了！"

群演I冷冷地看着我，"肯定是小新把我们和你全都当成病号了，又给泡在一起。我告诉你啊，要是饿急了，我们先吃了你！"

真是一语成谶啊，接下来的两天里，小新什么都没喂。

粒米未进的群演I，一看见我就追着我骂，大约也只有这样，才能发泄它源源不断的郁闷。

我不管，反正我病了，病人就需要特殊照顾，本主演我天生脸皮就厚，你爱怎么骂就怎么骂。实在烦不过了，我会躲到加热棒的附近——这两天它发出的热量比平时要多，暖暖的水流不断上升，吹得人相当舒服。

大概是三天过了吧，群演I已经饿得没有力气再骂我了。我也早觉得腹内空空，每天喝那些奇怪的药水，让肚子里寡得很，是该添点油水了。

我再重申一遍：主演的好处就是可以实现愿望。

在我最需要进食的时候，小新适时地回来喂食了。看得出来，这次喂的量很少，平均到每条鱼身上，大概也就能吃个半饱。群演I第一个冲了上去，我也跟着往上游，可是半路突然

193

杀出一个抄网，一下子把我捞到一个小水碗里。

孔雀鱼：哎，小新——啊，导演，是你把我捞出来的？

小新：大家都慢点吃哦，尤其是群演l，饿了太长时间了，千万不要一次暴食过量，不然很容易像孔雀鱼一样生病哦。

孔雀鱼：小新，我这到底是怎么回事呀？

小新：肠炎——说白了就是你吃饱了撑的，饿两天就好了。

孔雀鱼：那为什么还要下药捏？

小新：那个是仟湖公司出的第三代黄粉，主要起预防作用，是怕你们身体虚弱的时候被那些病菌乘虚而入；加热棒也是，温度升高了，促进你们的新陈代谢，让你快点好起来。

孔雀鱼：那我现在已经好啦，你快把我放回去吃东西吧！

导演：不行，你得饿着。

孔雀鱼：为什么啊？

导演：让你嘴贱，浪费了剧组一包黄粉！

孔雀鱼：……这什么剧组啊，铁公鸡的祖先……

第二节　最棒的新邻居

饿到半死不活的我，终于又被放了回去，不过，已经连咒骂导演的力气都没有了。

几个群演倒是活得挺滋润，看它们兴致勃勃的好像在观赏什么节目。

"嘿，你们看什么呢？"

"哎呀，你回来啦？正好正好，以为你要错过这个精彩表演了呢。"

"别说话，"礼服姐指了指前方，"这可是正宗的减肥肚皮舞！"

我往前一看，呦，还真是。有几条细细的红丝不知什么时候来到水里的，在我们面前不停扭动着款款腰肢，颇有几分舞女的味道。

"不错呀，"我点点头，"几位，从哪儿来的？"

"啊？呃……我们……"其中的一条忽然僵硬了一下，"我们从耶路撒冷来的！"

"胡说！"群演I跳出来，"耶路撒冷我去过，怎么没见

过你们呀？"

"我们……我们是吉普赛人！"刚才回话的那条又说，"我们是一路做歌舞表演流浪到这儿来的，打算在这儿定居下来和你们作邻居了。"

"那敢情好啊，"我来了兴趣，"既然是艺人，就给我们再来一段儿吧。"

"没问题！"红丝又用力扭了几下腰，"请你们欣赏我们的肚皮舞，就当作是带给大家的见面礼了！"

"肚皮舞啊……"礼服姐往我这边靠了靠，"那不是印度人跳的舞吗？"

"什么肚皮舞啊……啊呜！"

"啊——"

电光火石之间发生的一瞬，我们三个全愣住了。帝王灯嘴里嚼着一条刚吃进去的红丝，含混不清地对我们说：

"你们三个干吗呢？这东西……这东西叫红线虫，是给咱们吃的，你们不会……真不知道吧？"

"我真不知道，"群演1眼睛都瞪大了，"它说它们是从耶路撒冷来的呢！"

"什么耶路撒冷啊，"帝王灯终于把这一口咽下去了，"你问它知道这四个字儿怎么写吗？这就是从水沟里捞来的一种活食，绝对的本土产物，给你们吃的！"

　　"原来是活食呀，它一说要跟我们当邻居，我还当真了呢。"

　　"嗨，你们也尝一口，我说，这味道可真不错。"

　　"是吗——啊呜，"我也扯起一条吸进嘴里，细细咀嚼着它的肌肉，"嗯，不错。"

　　我看了看群演l和礼服姐，又转向帝王灯，"单就味道来说，如果它也算邻居的话，那真是最棒的邻居了。"

　　"其实从肚皮舞的角度说，它们也是不错的邻居呢。"群演l没有看到刚才的表演，终归是觉得有点遗憾。

　　"没事，没事，那边还多着呢！"帝王灯往远处一指，只见其他同伴都在大快朵颐，在它们的身边还有大量的红线虫在跳着肚皮舞。

　　"咱们去那边吧，你们想看跳舞的话，也可以边看边吃。"

　　"哇，还真是不少呢，不知道能不能包养几条，让它们一直跳到明天再吃。"

197

"你放心肯定够，旁白这一次是喂多了。"

"啊，旁白喂的？"

旁白：嗨，大家好，好久不见喽！

导演：旁白？你什么时候出来的，小新呢？

旁白：他出去啦，他这几天一直有事，都不怎么着家，就让我帮他喂喂鱼。

导演：那这儿不是有现成的仟湖饲料吗，你干吗喂这个？

旁白：你放心吧，导演，咱又不是一点都不懂。这个红线虫就是喂鱼的活食，而且既然小新都把它泡在盆里，又摆在鱼缸前面，肯定就是让我喂的喽。

小新：我回来啦，旁白，呦，导演也在呐？

旁白：哎，小新，正好正好，我把红线虫喂给鱼吃了，你看怎么样？

小新：啊？你怎么给喂啦？我这还没泡好呢！

导演：没泡好？难怪呢，我就说这个东西看着像方便面嘛。

旁白：这个还用泡吗？买来时候不就这个样子吗？

小新：嗨，你有所不知，你尝一下这个水。

旁白：我尝——你让我尝这个？！

小新：哈哈，我在这里面撒了大盐的。这些红线虫刚从水沟里捞出来其实很不干净，直接喂鱼的话，容易造成肠胃疾病，我用盐水泡着，就是让它们吐吐泥。

旁白：那现在吐完泥了，就可以喂了？

小新：还不行，你看它们都缩在一起，泥都挤在中间呢，得想办法把泥清理出去。

旁白：哦——你来弄，你来弄。

小新：看着，咱们先把水搅动起来——你去帮我拿个盆来。

旁白：盆来了——哇，红线虫都散开了？

小新：对，你看现在大部分红线虫都漂在水里，但是由于浮力的问题，泥土和一些死虫的尸体在水里漂浮的时间更长——你看，真正鲜活的虫子已经先沉下去了，我们就把表面的水倒掉……

旁白：哦，的确——原来你让我拿这个盆就是接脏水用的。

小新：一般我们在家里的话，其实在卫生间就可以完成这个步骤，而且用一个盆就可以。我之所以让你再拿一个盆来，是为了让在场的观众朋友们看得比较清楚——我们在客厅表演，让大家都看到我们把脏水和死虫这样倒掉。

旁白：原来如此，是为了照顾现场观众啊，不愧是主演，果然细心周到。

小新：那现在就请你把这盆脏水倒掉，再按我的说法去卫生间把这些线虫淘洗三遍。

旁白：……我这一集出场就是给你打杂的是不是？

五分钟后。

旁白：洗完了，小新，可是我还是觉得有一些大块的泥土洗不出来，老跟线虫一块儿沉下去。

小新：没关系，接下来这个步骤就是为了清理这些大块泥土，甚至沙石的。

旁白：啊，后面还有啊？

小新：刚才那个空盆还在吧——好，我们拿来，放一点水。你看现在这些红虫是不是缩成一大团了？

旁白：是啊，碰一下就缩得好紧。

小新：好，我们就这样——直接把它们全部捞到这个空盆里来，然后用这个——

旁白：白纱布？

小新：没错，一定找一块大一点，能全部盖住这团红线虫的纱布——我们给它盖上。

旁白：这是干什么呢？

小新：这就是因为红线虫有钻缝的本能，我们等着它全部从纱布下面钻上来，那些大块的泥土就自然留在下面了。

旁白：我懂了，等它们都钻出来，再用纱布直接把它们兜回水里。

小新：没错，兜回水里之后就差不多干净了；以后每天用清水冲洗两次，洗走死虫就可以了。

旁白：这么看来还真是有点麻烦呢。

小新：的确是不如现成的人工饲料来得方便，不过周末的话，有一个上午也足够了。最重要的是对于您的爱鱼来说，多几种食物混搭喂养，会让鱼儿尝到新的口味，增加食欲，同时营养摄取更加丰富，身体更加健康。

旁白：好的，本期"红线虫清理方法讲座"到这里就结束了。感谢小新老师的精彩讲演，没看懂的朋友可以翻回去再看一遍，谢谢大家，再见！

第三节 客串，终极杀手

自从这些红色的舞娘来了以后，我们的生活又多了一道色彩。每天早晚两顿，早上吃仟湖的饲料，晚上吃红线虫。

当然，晚餐之前，我们还能欣赏一下舞蹈表演。只有群演l，它大概是太喜欢这些跳舞的了，每次都看半天舍不得吃，弄得最后不是被我们"抢"了，就是被其他朋友"餐"了，还有两次是让清道夫捡了便宜。

清道夫那两次令群演l格外愤怒，指着清道夫的那一对朝天眼足足骂了半个小时——这也没有办法，丑陋的蛮力撕碎脆弱的美丽，这个世界往往都是如此。

悠哉悠哉的生活持续了大约有两个月，感觉天亮得明显早了，这个世界又换了一个样貌，生活仿佛也要进入一个新的阶段——

孔雀鱼：全体注意啊，这段台词说得内藏玄机，我仿佛已经闻到隐隐的杀气了，大家做好心理准备。

这一天晚上，小新正在喂食。忽然他好像听到了什么，走向外面去开门。随着房门被打开的一刹那，所有碰巧——或者说是不巧把目光落在了门口处的鱼类——全部在第一时间"嗝"地一下抽了过去！

小新：彩彩？你怎么过来了？

彩彩：嘿嘿，导演安排的呗，我也不知道为什么突然让我出镜了，大概是我的敬业精神感动了他吧。

导演：之前彩彩同学的名字非常频繁地出现在咱们的剧本里，观众——尤其是不少男同胞——对她的呼声越来越高；而且大家别忘了，我们的前主演小八同学的作业可都是彩彩同学帮忙搞定的，做了这么重要的幕后工作而没有一个出镜的机会，那不是太不公平了吗？

小新：好！导演说得好！

旁白：哎，公平倒是公平，可这个后果……

小新：那么，彩彩，你这一集出镜，来我这里做什么呢？

彩彩：嘿嘿，就是一个小戏份，从您这儿捞走几条鱼。

孔雀鱼：捞鱼？！

小新：嗨，捞鱼呀……啊？！什么？！！捞鱼？！！！

彩彩：您怎么了，小新哥哥，这句话为什么要用递进的方式排列这些惊叹号呢？

孔雀 百万舞者

孔雀鱼：导演！我说什么也不演被捞走的那个角色啊！

清道夫：这难道就是末日的审判吗？

帝王灯：被她捞走，我宁愿选择去地狱……

小新：那个……那个……

彩彩：小新哥哥，我先看看你养的鱼吧。

导演：停！这里给彩彩一个脸部特写，镜头走位，灯光——预备，走你！

彩彩（脸部转向大鱼缸，双手握拳，贴在两腮，眼睛变成星星状）：哇……好可爱的鱼耶！

红绿灯：不是我，不是我，不是我……

孔雀鱼：你看不见我，你看不见我，你看不见我……

彩彩：哎，小新哥哥，那边——

小新：这边没有鱼！

旁白——不要问我为什么又出来：小新以超越光的速度瞬间摆出一个"大"字形，用后背挡着那缸明星孔雀鱼，冲着彩彩傻笑。

小新：嘿嘿，这边……这边没有鱼，你看大缸就可以了。哎，对了彩彩，你怎么想要从我这儿捞鱼呢？

彩彩：嗯，人家养的巴西龟死了嘛，正好缸空出来了，就想养几条小鱼。

小新：这样啊，那是挺可惜的，什么时候死的？

彩彩：昨天。

小新：养多长时间了？

彩彩：嗯，前天买的。

小新：……那个……它是怎么死的呢？

彩彩：撑死的。

小新：神呀，你杀了我吧……

彩彩：啊？

小新：啊，不是，我是说你给它吃什么了，能把它撑死了？

彩彩：嗯，我想想，猪肉、茶叶末、橘子皮、巧克力派……哎，小新哥哥，你怎么了？

旁白：小新同志及鱼缸里的众鱼群完全石化……

小新：这个……那真是不巧啊，你看我养的这些鱼，都没什么食量的，你养它们完全体会不到喂食的乐趣呀——你们说是吧？

众鱼群：是是是是是是！

彩彩：那可难办了，导演的安排是我必须要从这儿捞走鱼呀……

小新：导演，我诅咒你这辈子吃泡面找不到调料包……这样吧，彩彩你捞这条鱼！这条鱼叫沉木，虽然吃得不多，但是很好养。

沉木：……

彩彩：不要，这条鱼太丑了，而且趴在那儿都不动，没意思。

沉木：太好了，她不喜欢我。

孔雀鱼：可惜了，这块沉木要是栽她手里，说不定能给整成活的。

群演1：然后再给弄死。

折腾了半天，最后经过导演的调停，小新还是顺利把沉木送给了彩彩。

沉木：为什么非得是我？

小新：因为导演说你要去的下一个剧组可能会拍一部连环变态杀人狂的惊悚片，让你先去体验一下生活。

沉木：……

清道夫：完了，沉木兄弟恐怕是见不到明天的太阳了。

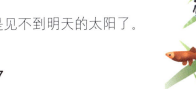

帝王灯：没关系，我刚才看天气预报了，明天正好是个阴天，它也没啥可期待的了。

小新：不管怎么说反正是终于走啦！

导演：你干嘛呀，小新，其实你们都误会彩彩同学了。她其实很喜欢小动物的，只是因为经验不足，才会好心办坏事。比如上次吧，她带着小巴西龟一起吃涮火锅，她怕巴西龟吃不到肉，就直接把它放进锅里，想让它边游边吃，结果才酿成事故的。

旁白：小新同志及众鱼群再次完全石化……

巴西龟：神呀，你让流星雨把我砸死吧！

第四节　使　命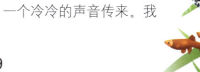

这阵子忽然感觉身体有点异样——肯定不是生病，因为我依旧吃得饱睡得好，就是总觉得哪里有些不得劲。我和群演1说起来，它也正为此事郁闷。

"看来咱们俩出了相同的状况。"

"应该是，可是完全没有头绪呀。"

我们互相绕着圈子查看，忽然发现了异状。

"群演1，你的屁股上长出一块黑斑！"

"哎，你这也是！"

"哈，这什么状况呀？怎么出来这么个东西？！"

"你别问我呀，你想想咱们这阵子的生活有什么不一样的吗？"

"嗯……我想想……对了，前两天，我让那死帝王灯咬了一口，肯定是它咬的！天呐，我得去打狂犬病疫苗了！"

帝王灯：什么呀就狂犬病疫苗，那是我咬的吗？再说，我也没咬过群演1吧？

"恐怕是病变细胞的增生吧。"一个冷冷的声音传来。我

209

一回头，一条红绿灯正认真地盯着我。

"病变细胞？什么意思？"

"细胞被病毒侵袭，发生异变后聚集在一起，表面看就是色素堆积，形成深色色斑——就像现在你身上这块。"

"那……会有什么危险吗？"

"如果严重的话，可能会得癌症哦。"

"癌……症？"虽然第一次听到这个名词，还是对它不吉利的发音有一丝抗拒，"那是什么？"

"就是无法治愈，必死无疑的意思。"

"必死无疑？！"我瞪着红绿灯，继而猛转回身，一把掐住帝王灯。

"癌症——我掐死你！"

帝王灯可没料到我会有这么大反应，一个措手不及被我掐住，连忙用力挣脱并大声喊道：

"什么就癌症啊，你别听它胡说！得了癌症的人哪有这么大力气的？！哎，你快放开我，我咳、咳、咳……快被你掐死啦！"

我哪里容它分说，真恨不得把它捏烂才好。忽然一个声音传过来：

"嘿！你们这儿干什么呢，够热闹的，老远就听见声儿了！"礼服姐不知什么时候突然出现了，它一边拦住我，一边大声问。

"这家伙得了癌症，非说是我咬的。"帝王灯挣脱出去，揉着脖子愤愤地说。

"癌症？"

"嗨，它自己瞎说，谁知道到底怎么回事——哎，对了，"帝王灯好像忽然想起什么，看那表情忍不住都要笑了，"既然是长在屁股上的，不会是痔疮吧？"

"你才痔疮呢！就是你咬的！"

"不是咬的，就是痔疮！"

"我看还是癌症……"

"等一下，礼服姐你——"我像发现了新大陆一样冲过去，"你的屁股后面也有一块黑斑！"

"黑斑？哦，嗨——你们就说这个呐？"

"啊？您知道这个呀？那这个是不是狗啃的？"旁边的帝王灯闻言瞪了我一眼。

"是你们长的痔疮吧？"

"还是病变细胞的扩散？"

"什么乱七八糟的呀，孔雀鱼，群演Ⅰ，你们俩不知道吗？"

我俩眼神无辜地摇摇头。

礼服姐叹口气，继续说，"导演怎么安排的，怎么连生理卫生课都没给你们上——咱们这个状况呀，是到了发情期的标志！"

"什么？发情期？！"我和群演Ⅰ几乎同时大叫起来。

"叫什么叫，影响视听！"礼服姐训了我们一句，"你们也应该早发觉了吧，你们和那些长尾巴带佩剑的漂亮家伙很早以前就不同了，是不是？"

"嗯，是。"

"那是因为那些家伙是公的，咱们是母的；公孔雀鱼长出佩剑，就说明它已经性成熟了，而咱们母孔雀鱼没有什么明显的体征变化，只是在发情期到来的时候，屁股后面会生出明显的黑斑，就像咱们现在一样，明白了吗？"

"这么说我和群演Ⅰ都是母鱼喽？"

"对呀，你没觉得最近看那些带佩剑的家伙格外顺眼，看

213

群演I却没什么感觉吗？那就是异性相吸，说明你们可以繁殖了呀！"

我的天呐，原来如此！原来我主演孔雀鱼竟然是一条母鱼！想想在第一集里还有人叫我"哥们儿"，后来只要一叫到我，无一不是"兄弟"相称，真是丢人丢大发了！

据说我们孔雀鱼还有一个名字叫"百万鱼"，就是形容我们强悍的生殖能力的。这么说我和群演I接下来的生活，就是要扮演那条我曾经十分厌恶的大肚子母鱼咯？这真是一个生命的轮回。

不过，新的使命需要新的故事，我们的剧本到这里就要告一段落了。喜爱我们的朋友，不妨自己也去买上几条孔雀鱼。想想小八、小白，还有小新，你是不是也学到了一些知识呢？那么就在你自己的手里，继续写出我们以后的故事吧！

后记　话说孔雀鱼

　　孔雀鱼是最容易饲养，也是目前饲养最广泛的淡水热带鱼之一。它丰富的色彩、灵动的游姿和旺盛的繁殖力，倍受热带鱼饲养族的青睐。尤其是其繁殖的后代，会有很多与其亲鱼色彩、性状不同的个体产生，这一特点足以使以繁殖孔雀鱼为乐趣的爱好者们着迷。

　　孔雀鱼公母个体的差别极大。母鱼体大，最大能达到六厘米，而公鱼几乎连它的一半都不到。但是母鱼的体色相对暗淡，从观赏的角度来说价值一般，公鱼则要漂亮得多，华丽的颜色往往令见到它的人不由惊叹。尤其它的尾鳍，几乎与身体同长，且宽大飘逸，好像一方纱巾。尾鳍的颜色是孔雀鱼欣赏的根本，绚烂耀眼的斑纹和琢磨不定的变化，为观赏鱼爱好者们带来了无穷无尽的惊喜。可以说，孔雀鱼存在了多长时间，它的尾鳍

发展就流传了多长时间。

孔雀鱼的原产地在委内瑞拉、圭亚那、南美洲的北部海岸地带和加勒比海上的一些岛屿。在 1859 年，德国鱼类学者 Wilhelm C.H. Peters 在委内瑞拉首都卡拉卡斯的 Rio Guaire 发现孔雀鱼，成了最早开始描述这种小型淡水鱼的科学家。由于孔雀鱼看上去和花鳉科的鱼类很相像，所以就命名孔雀鱼为 Poecilia reticulata。Reticulata 这个字意指孔雀鱼身上部分重叠的鳞片形成蕾丝般的图样。1861 年时，西班牙的 Senior Filippi 得到一些来自巴巴多斯的孔雀鱼标本，由于他没看到 Wilhelm 曾经做过的描述，而误认为这是自己新发现的物种，于是将它命名为 Lebistes poeciloides，即"彩虹鳉鱼"。而直到英国的植物学家 Robert John Lechmere Guppy 从特立尼达带回一些标本回去鉴定以后，经大英博物馆的 Dr. Albert Gunther 重新鉴定，终于认定此标本为新的物种。为表彰 Robert Guppy，将它命名为"Girardinus guppyi"，就是我们所说的"古比鱼"的由来。当然由于它绚丽的体色，也有人更喜欢叫它彩虹鱼，而"孔雀鱼"这个名字，则更直截了当地表示了对它那美丽得惊人的尾鳍的赞美。

据某些资料记载，在二十世纪五十年代的时候，就已经出现孔雀鱼的人为改良。像火炬、蛇王一类的经典品种都是人工孔雀鱼的开路先锋。时至今日，美丽的孔雀鱼已经游动出十几个动人的品种，其主要被大众所饲养的，我们来简单一一介绍。

蛇王孔雀鱼

身上布满复杂纹路构成的图案，看起来就如同蛇类的皮肤斑纹，总体纹路与马赛克孔雀鱼很相近，只是更为细致。蛇王孔雀鱼体表的色泽呈现蓝、绿等具有金属质感的色泽，配以细密的花纹，极为夺目。

马赛克孔雀鱼

此品种的花纹分成两种：一种是镶嵌状的花纹，另一种则是略呈环状排列的花纹。马赛克孔雀鱼的尾部有众多色彩和花样，尾鳍基部与身体交接处有一块深蓝色的色块，这点也可以用来与草尾孔雀鱼作区别。对于马赛克孔雀鱼来说，尾鳍纹路越鲜明、背鳍越宽越大的越好，并且背、尾两鳍的纹路最好一致。

古老系孔雀鱼

这个名字并不代表"祖先"、"古董"一类的意思。古老系孔雀鱼其实是一个新的孔雀鱼品系，只不过它的外形表现非

常低调，和它那些绚丽耀眼的亲戚们相比，别有一番内敛的庄重。古老系孔雀鱼尾鳍上具有类似马赛克的斑纹，但纹路模糊不清；鱼体表面则有着类似蛇纹的纹路，却不似蛇纹那样具有凸出感，相反具有凹陷感。

草尾孔雀鱼

这是由日本水族专家人工改良出来，并且知名度极高的人气品种。草尾孔雀鱼按尾鳍色泽不同，分成两种：一种是标准尾鳍的草尾，底色不拘；另一种则是玻璃尾，尾鳍较为透明，因而上面的斑点就像喷点状地分布，朦胧之美犹如"纱丽"——一种风靡印度、孟加拉、尼泊尔和斯里兰卡等国的极美丽的女性服装。草尾孔雀鱼宽大的尾鳍上布满黑色圆形的细小斑点，花纹细致如草皮，故而得名。一条标准的草尾孔雀鱼，尾鳍一定要宽大；背鳍也一样，更要有厚实的感觉，且花纹也应该和尾鳍一致。

礼服孔雀鱼

这个花色是指孔雀鱼的后半身为黑色、深蓝色或其他的纯色调，而尾鳍上应该没有任何杂色斑点或花纹，整体感觉素雅大方，如穿着晚礼服的美人，雍荣华贵。礼服孔雀鱼的尾鳍要比其他品系的孔雀鱼更为宽大且长，且色泽要求均匀，绝对不可掺杂任何斑点或花纹，整体的色泽需要单一化以及色彩的纯度。

金属孔雀鱼

是由俄国水族专家人工改良出来的迷人品种。此种孔雀鱼前半部分呈现出特殊的金属蓝色，别具一格。但是这种金属色不稳定，在水中就好比是鱼缸的"晴雨表"。当水质状况不佳或者鱼体不适的时候，这块金属蓝的色块会转变成为黑色，以此来提醒饲养者，引起注意。

单色系孔雀鱼

然后是我们的单色系孔雀鱼。不要以为单色就是"简单"的意思哦。事实上把孔雀鱼身上眼花缭乱的花纹固定成单一一种颜色，这简直是上帝才能完成的高难度工作。所以当年的莫斯科蓝和纯红色孔雀鱼横空出世的时候，所引起的疯狂震动便可想而知了。

缎带孔雀鱼

最后我们要说一说缎带孔雀鱼。"缎带"这个名字表示的不是一种颜色，而是一个器官的变异：那就是腹鳍和臀鳍明显

拉长，游动时飘逸无比，好像一条绚丽的彩带。所以理论上任何一种品种的孔雀鱼都可以出现"缎带"的个体。但是美丽的代价往往是惨重的：公孔雀鱼的臀鳍是它繁殖后代的重要器官，现在这个器官变异了，自然也就不能繁殖了。所以缎带孔雀鱼只能把美丽留给自己，而不能把这个基因传给后代。

孔雀鱼家族之所以能如此繁盛，还得归功于所有的母孔雀鱼都是了不起的英雄母亲。它们的产子量极大，因而又被称为"百万鱼"。也正因为如此惊人的繁殖能力，孔雀鱼成为了如今覆盖面最广的观赏鱼类之一。一个又一个普通家庭之中，也许每天都在上演着它们有趣的故事。